SAISON 3

PRIVATE TEACHER

Presented by
YUU MOEGI

PRIVATE TEACHER 3

Private Teacher ! Volume 3

PRIVATE TEACHER 3

LEÇON 8

DURANT LES VACANCES DE PRINTEMPS.
KA...
KAEDE...
OUI ?
FROTTE
FROTTE
J'AI UNE
QUESTION...
POUR UNE RAISON QUI M'ÉCHAPPE...

JE REGARDE UN FILM D'HORREUR ALORS QUE JE DÉTESTE ÇA...
ON EST VRAIMENT OBLIGÉS D'ÉTEINDRE LA LUMIÈRE ?
OUI ❤
C'EST POUR MIEUX PROFITER DE L'AMBIANCE.
JE NE VOUDRAIS PAS QUE TU PASSES À CÔTÉ DE L'ATMOSPHÈRE PARTICULIÈRE DU FILM,
CE SERAIT DOMMAGE NON ?
ALORS QU'IL SAIT PARFAITEMENT QUE ÇA ME TERRORISE...
MAIS, COMMENT DIRE... J'AIMERAIS PROFITER DE NOTRE TEMPS
DE FAÇON PLUS ROMANTIQUE...
JE SUIS DÉSORMAIS ÉTUDIANT ET NOTRE RELATION DE PROFESSEUR À ÉLÈVE FAIT MAINTENANT PARTIE DU PASSÉ.

EN VRAI.
BOUAAAAARGH!!!
BOUAAEURGH!
BOBOM
AAAH !!
BRRR
BRRR
BRRR
AH, C'EST MON TÉLÉPHONE.
HIIII !!!
HAA ...
GLOUPS
GLOUPS
BRRR
TU PEUX CONTINUER À REGARDER, JE REVIENS VITE.
BOBOM
BOBOM
BOBOM
NON,
C'EST BON, JE VAIS METTRE SUR PAUSE...
INUTILE, J'AI DÉJÀ VU CE FILM UNE DIZAINE DE FOIS.
TOUT SOURIRE

ぽつん…
TOUT SEUL...
...
ブル…
BRR
ブル…
BRR
S'IL LE CONNAÎT PAR CŒUR, POURQUOI VOULOIR LE REGARDER AVEC MOI ?
RESTE CALME RINTARÔ, RESTE CALME...
OÙ ES-TU ?!
JE T'EN PRIE, RÉPONDS-MOI !!
POURQUOI LES ACTEURS DE FILMS D'HORREUR PARTENT TOUJOURS SEULS À LA RECHERCHE DE LEUR PARTENAIRE ?
La nuit en plus.
FERME LES YEUX À MOITIÉ POUR AVOIR MOINS PEUR.
OUI, MAIS CETTE FEMME...
ELLE A LE COURAGE DE SORTIR POUR L'HOMME QU'ELLE AIME.
SI JAMAIS KAEDE DEVAIT DISPARAÎTRE...

JE SERAIS SÛREMENT TERRORISÉ...
MAIS MOI AUSSI JE PARTIRAIS À SA RECHERCHE...
À LA SEULE DIFFÉRENCE QUE JE ME FERAIS IMMÉDIATEMENT DÉVORER PAR CES ZOMBIES...
Haa...
HIIII !!
GLOUPS
ET KAEDE
ALORS ?
EST-CE QUE LUI AUSSI PRENDRAIT LE RISQUE DE...

BOUH !
HAAAAAAAA !!!
GNAP
SCHPLAF
OUPS.
HA HA HA HA HA !!
KA...
KAEDE !
HA HA...
GAG ÉCULÉ
EXCUSE-MOI, JE NE PENSAIS PAS QUE TU RÉAGIRAIS COMME ÇA.
J'AI EU LA PEUR DE MA VIE... !

JE SUIS VRAIMENT DÉSOLÉ.
MAIS JE CROIS QUE VU TON ÉTAT,
TU FERAIS MIEUX DE PRENDRE UN BAIN PLUTÔT QUE DE SIMPLEMENT TE CHANGER.
...
びしょ
TREMPÉ
JE...
?
HM ? OUI ?
PAS TOUT SEUL...
J'ai peur...

SHAAAA
...
ALORS QUE TU NE VEUX JAMAIS PRENDRE TA DOUCHE AVEC MOI...
C'EST DE VOTRE FAUTE AUJOURD'HUI !
CE FILM T'A VRAIMENT FAIT PEUR ?
TANT QU'ILS NE S'EN PRENNENT PAS AUX HUMAINS DES ALENTOURS, ILS NE ME FONT PAS PLUS PEUR QUE ÇA, MAIS...
TU SAIS QU'UN ZOMBIE,
C'EST À LA BASE UN CADAVRE FAIT DE CHAIR ET DE MUSCLES COMME NOUS, ET...
PERSONNELLEMENT, JE TROUVE CES ZOMBIES PLUTÔT COMIQUES À COURIR DANS TOUS LES SENS.
FROTTE
FROTTE
VOILÀ QU'IL DISSERTE
SUR LA BIOLOGIE DE CES MONSTRES...

CLAC !!
HAAAAAAAAA !!
GNAP
MAMAN !! C'EST LA FIN ! C'EST PARCE QUE J'AI RENVERSÉ MON VERRE, L'ESPRIT D'UN ZOMBIE M'A ENSORCELÉ !!
SERR
CALME-TOI, RINTARÔ,
JE VAIS ALLUMER LA LAMPE DU MIROIR.
ça peut se transformer en fantôme un zombie ?
AH,
L'AMPOULE A GRILLÉ ?

AAAH !
SCHPLAF
EST-CE BIEN RAISONNABLE
DE T'AGRIPPER AINSI À MOI ?
TU SAIS QUE JE POURRAIS DEVENIR BIEN PLUS EFFRAYANT QUE N'IMPORTE QUEL ZOMBIE ?

QU...
QU'EST-CE QUE VOUS RACONTEZ ?
ALORS QUE NOUS SOMMES NUS ET COLLÉS L'UN À L'AUTRE DANS CETTE PIÈCE NOIRE, TU PRÉFÈRES T'INQUIÉTER POUR UN MONSTRE QUI N'EXISTE MÊME PAS ?
HM ?
CE... CE N'EST PAS CE QUE JE VOULAIS DIRE...
TU SAIS QUE JE NE SUIS PLUS TON PROFESSEUR PARTICULIER, PAS VRAI ?
JE ME SUIS RETENU JUSQU'À AUJOURD'HUI, MAIS ÇA NE VEUT PAS DIRE QUE JE RÉSISTERAI ENCORE LONGTEMPS.
SHAAAA
CO... COMMENT ?

VOUS... VOUS VOUS RETENIEZ ?!
J'ai du mal à vous croire...
OOOH OUI !
ET TU NE T'IMAGINES PAS À QUEL POINT.
RINTARÔ...
JE VEUX QUE TU NE REGARDES QUE MOI,
QUE TU N'ÉCOUTES QUE MOI ET QUE TU NE PENSES QU'À MOI.
SMACK
SMACK
VOUS ÊTES VRAIMENT POSSESSIF...
PARFAI-TEMENT,
TU NE T'EN ÉTAIS JAMAIS RENDU COMPTE ?

MAINTENANT QUE JE T'AI ATTRAPÉ,
TU NE POURRAS JAMAIS T'ÉCHAPPER RINTARÔ.
IL PASSE SON TEMPS À SE MOQUER DE MOI
ET JE SUIS INCAPABLE DE LUI RÉSISTER...
C'EST ÉTRANGE...
SCHPLAF
MAIS JE LE TROUVE SI MIGNON...

AH, KA...
KAEDE !
HM...
SMACK
SMACK
HAA...
HM... !
SLURP
SCHPLITCH
SCHPLITCH
HAA...
HM...
HAA....

haa...
haa...
KAEDE...
SCHPLAF
SI JAMAIS JE DISPARAISSAIS COMME DANS CE FILM...
VOUS PARTIRIEZ À MA RECHERCHE... ?
NON.
QUOI ?
...

JE NE TE LAISSERAI JAMAIS DISPARAÎTRE,
QUITTE À T'ENFERMER.
TU ES À MOI, NE T'AVISE JAMAIS DE L'OUBLIER. C'EST COMPRIS ?
ÇA LUI RESSEMBLE BIEN DE ME DIRE ÇA COMME SI C'ÉTAIT NORMAL...
SI J'AVAIS SU, JE NE LUI AURAIS RIEN DEMANDÉ.
SI SEULEMENT IL POUVAIT M'AIMER AUTANT QUE MOI JE L'AIME...
JE N'AURAIS PAS DÛ ME MONTER LA TÊTE COMME ÇA...
RINTARÔ...
GNIP

C'EST LA PREMIÈRE FOIS QUE JE TIENS AUTANT À QUELQU'UN...
SMACK
ET JE N'ARRIVE PAS À CONCEVOIR MA VIE SANS TOI.
BOBOM
IMPOSSIBLE D'IMAGINER PIRE.
JE CHERCHERAIS DÉSESPÉRÉMENT À TE RETROUVER.
KAEDE...
JE POURRAIS MÊME PERDRE LA RAISON.
SMACK
TU ES SI DIFFÉRENT DES AUTRES POUR MOI.

PROMETS-MOI DE NE PAS RIRE MAIS...
TU SAIS QUE TU ES MON VÉRITABLE
PREMIER AMOUR ?
BLUUUSH
カカカカー…
ZIOUP

GLOUB
GLOUB
GLOUB
OUPS.
LUI ALORS, IL A LE DON
DE ME FAIRE FONDRE ...
BIZARRE,
J'AI POURTANT CHANGÉ L'AMPOUL DE LA SALLE DE BAINS LA SEMAINE DERNIÈRE.
... !!
BOUAAAARGH
BOUAAAARGH
LA NUIT...
C'ÉTAIT UNE SIMPLE COUPURE DE COURANT,
MAIS JE CROIS QUE JE NE VAIS RIEN LUI DIRE CE SOIR...
Ha ha ha...
CLAC
CLAC
FIN

PRIVATE TEACHER 3

LEÇON 9

CUI
CUI
CUI
JE ME RÉVEILLE SOUVENT LE MATIN
Haa...
AVEC KAEDE COLLE CONTRE MOI.
CELA NE ME DÉRANGE PAS, MAIS JE ME DEMANDE COMMENT IL ARRIVE À DORMIR.
Son oreiller, c'est pour faire beau ?
PFIOUH

...
JE ME DEMANDE S'IL A LES CHEVEUX NATURELLEMENT BOUCLÉS...
FROTTE
ILS SONT SI DOUX...
J'AI PARFOIS DU MAL À RÉALISER QUE NOUS SOMMES ENSEMBLE AUJOURD'HUI...
IL FAUT DIRE QUE NOTRE PREMIÈRE RENCONTRE NE M'AVAIT PAS VRAIMENT MIS EN CONFIANCE...
BONJOUR.
KAEDE SUMIZOME, JE SUIS TON PROFESSEUR PARTICULIER À PARTIR D'AUJOURD'HUI.
ENCHANTÉ, RINTARÔ.
GRAND
BEAU
INTELLIGENT
ÉLÉGANT
BREF, LE GENRE D'HOMME QUI VOUS FAIT PRENDRE CONSCIENCE QUE VOUS N'ÊTES PAS GRAND-CHOSE SUR CETTE TERRE.

ET PUIS...
HOP
HOP
JE ME DEMANDE POURQUOI IL FAIT CE BOULOT DE PROFESSEUR...
IL DEVRAIT POUVOIR TROUVER UN AUTRE TRAVAIL SANS TROP DE DIFFICULTÉ AVEC LE LOOK QU'IL A.
... JE TE REMERCIE DE ME DÉVORER DES YEUX COMME TU LE FAIS...
Ah
BOBOM
MAIS SI TU POUVAIS TE CONCENTRER SUR TON LIVRE DE CLASSE, CELA M'ARRAN-GERAIT.
HEEEIN ?
MAIS QU'EST-CE QU'IL RACONTE...?!
ON DIRAIT QU'IL A LU DANS MES PENSÉES ET QU'IL EN PROFITE POUR SE MOQUER DE MOI !

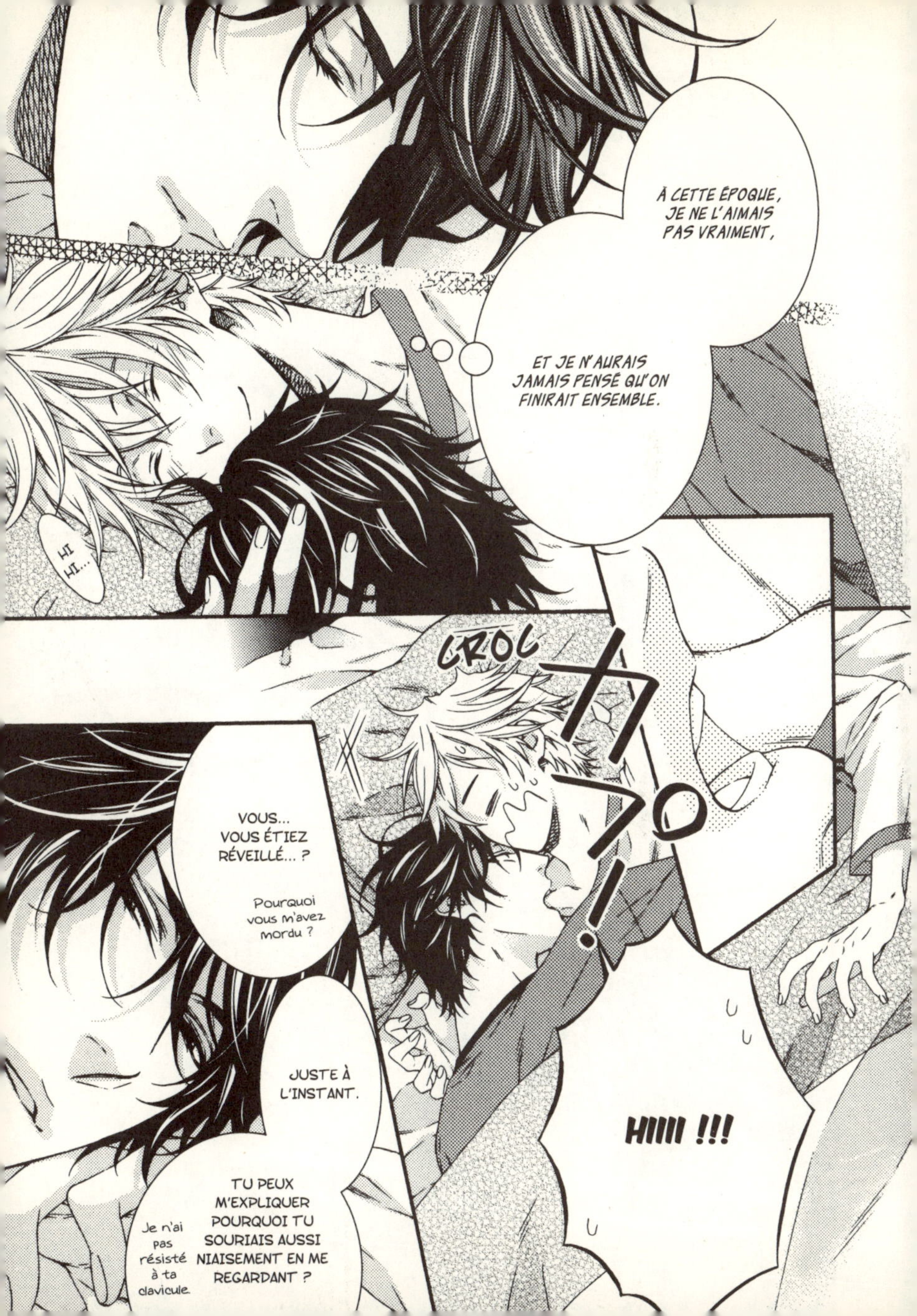
À CETTE ÉPOQUE, JE NE L'AIMAIS PAS VRAIMENT,
ET JE N'AURAIS JAMAIS PENSÉ QU'ON FINIRAIT ENSEMBLE.
HI HI...
CROC
HIIII !!!
VOUS... VOUS ÉTIEZ RÉVEILLÉ... ?
Pourquoi vous m'avez mordu ?
JUSTE À L'INSTANT.
TU PEUX M'EXPLIQUER POURQUOI TU SOURIAIS AUSSI NIAISEMENT EN ME REGARDANT ?
Je n'ai pas résisté à ta clavicule.

POUR... POUR RIEN EN PARTICULIER...
BON, C'EST PAS TOUT ÇA, MAIS IL EST BIENTÔT L'HEURE DE SE LEVER,
HOP
JE DOIS PRÉPARER LE...
GRIP
AAAH... !
VLAM
QUOI...
QUOI ENCORE... ?
ET MON BAISER DU MATIN ?
HEIN ?!

ENCORE UN CAPRICE... ?
GNN
JE NE ME LÈVERAI PAS TANT QUE TU NE M'AURAS PAS EMBRASSÉ.
UN POINT C'EST TOUT.
MPHF
...
...
KAEDE...
RIEN QU'UN BAISER ALORS...
DING

DONG
...
POURQUOI MAINTENANT ?
チュッ
SMACK
... !!
スタ
HOP
スタ
HOP
スタ
HOP
JE ME DEMANDE
SI JE M'Y HABITUERAI UN JOUR... ?

CLAP
JE VEUX VOIR RINTARÔ !
QUI ÊTES-VOUS ?
VOUS NE LE VERREZ
QUE SI VOUS AVEZ UNE BONNE RAISON.
PARDON ?
HM ? J'AI CRU ENTENDRE MON PRÉNOM...
CE N'EST PAS UN DÉMARCHEUR, IL LEUR RACCROCHE TOUJOURS AU NEZ.
Chuchote
KAEDE ? QUI EST-CE ?
AH, RINTARÔ...
BIP
JE NE PENSE PAS QUE TU LE CONNAISSES, MAIS JE TE POSE LA QUESTION QUAND MÊME
AU CAS OÙ.

ÇA TE DIT QUELQUE CHOSE ?
GRAND FRÈRE...
SEN... SENTARÔ ?!
TON...
TON FRÈRE ?!
TU PLAISANTES ?
NON, POUR-QUOI ?
HA HA HA, ELLE EST BIEN BONNE CELLE-LÀ.
AH, J'AI TROUVÉ...
VOUS ÊTES FRÈRES PAR ALLIANCE ?
DÉSOLÉ DE VOUS DÉCEVOIR, MAIS ON A LES MÊMES PARENTS...
VOUS NE VOUS RESSEMBLEZ PAS DU TOUT.
LA COULEUR DES CHEVEUX À LA LIMITE, MAIS À PART ÇA...
...
... AH.

CLAP
RIIIN !!
GNAP
HA HA HA HA !!
TU ÉTAIS LÀ !! JE M'ABSENTE QUELQUE TEMPS ET VOILÀ QUE TU DÉMÉNAGES ! IMAGINE MA SURPRISE !
AH, DÉSOLÉ ...
J'AI DEMANDÉ TON ADRESSE AUX PARENTS ET JE ME SUIS DÉPÊCHÉ DE VENIR !! POURQUOI TU NE M'AS RIEN DIT ?!
HA HA...
PARCE QUE TU N'AURAIS JAMAIS ÉTÉ D'ACCORD ...
...
HEUM
AH, SENTARÔ,
NE RESTE PAS DEHORS, ENTRE !
KAEDE, JE VOUS PRÉSENTE
MON FRÈRE AÎNÉ...

NOE ...
SENTARÔ, ENCHANTÉ !
ENCHANTÉ,
KAEDE SUMIZOME.
VEUILLEZ PARDONNER MON IMPOLITESSE À L'INTERPHONE.
NE T'EN FAIS PAS, C'EST AUSSI MA FAUTE.
J'AURAIS DÛ TE DIRE QUI J'ÉTAIS AVANT DE TE DEMANDER DE ME PASSER RINTARÔ.
RIN, TU NOUS PRÉSENTES ?
POF
AH,
VOICI KAEDE...
J'ÉTAIS SON PROFESSEUR PARTICULIER LORSQU'IL ALLAIT ENCORE AU LYCÉE.

PRO... PROFESSEUR PARTICULIER ?!
RIN !!
POURQUOI TU NE ME L'AS PAS DEMANDÉ ?!
C'EST PAPA ET MAMAN QUI ONT DÉCIDÉ D'EMPLOYER KAEDE À TA PLACE !
PARDON ?
AH, ON NE DIRAIT PAS COMME ÇA, MAIS SENTARÔ DONNE AUSSI DES COURS PARTICULIERS...
IL PORTE UN COSTUME ET UNE CRAVATE QUAND IL TRAVAILLE, IL NE RESSEMBLE PAS TOUJOURS À UN GIGOLO...
RIN !
ET POURQUOI LES PARENTS ONT DÉCIDÉ ÇA D'ABORD ?!
SANS DOUTE PARCE QUE JE N'APPRENAIS RIEN AVEC TOI,
VU QUE TU ME DONNAIS LES BONNES RÉPONSES ET QUE TU FAISAIS MES DEVOIRS.
MAUVAIS EXEMPLE...
PROBLÈMES DE MATHS ? LAISSE-MOI FAIRE ÇA À TA PLACE.
TU DOIS CONSTRUIRE UNE MAQUETTE PENDANT LES VACANCES ? NE T'EN FAIS PAS, JE VAIS T'EN FABRIQUER UNE DU TONNERRE.
AAH... !

QU'EST-CE QUE TU RACONTES RIN, JE NE SUIS PLUS LE MÊME AUJOURD'HUI !
C'EST MON MÉTIER DÉSORMAIS, JE SUIS UN PROFESSIONNEL !
AH OUI ?
DANS CE CAS, TU PEUX ME RÉSOUDRE CETTE FEUILLE DE PROBLÈMES, JUSTE POUR VOIR ?
Tiens.
HM ? RINTARÔ, TU N'ARRIVES PAS À FAIRE CES ÉQUATIONS ? C'EST DE TON NIVEAU POURTANT.
Chuchote
REGARDEZ BIEN.
ET DONC,
TU FAIS COMME ÇA...
VOILÀ, FINI ! REGARDE UN PEU, RIN...
AH
CASES DES RÉPONSES DÉJÀ REMPLIES
FIIIXE
QUOI ? J'AI PAS FAIT ATTENTION, C'EST TOUT !
ÇA VA HEIN !!

TSS...
CHANGEONS DE SUJET...
RIN EST EN PREMIÈRE ANNÉE ET TU ES TOUJOURS ÉTUDIANT...
C'EST LOIN D'ÊTRE UNE SITUATION IDÉALE...
NE VOUS EN FAITES PAS,
JE SUIS INDÉPENDANT FINANCIÈREMENT ET TOUT À FAIT CAPABLE DE M'OCCUPER DE RIN.
ET DONC, TU ES PROFESSEUR PARTICULIER TOI AUSSI, C'EST ÇA ?
...?
C'EST UNE LOURDE RESPONSABILITÉ, QUI DOIT TE PESER PLUS QU'AUTRE CHOSE.
haa
J'ESSAIERAIS BIEN D'EXPLIQUER LA SITUATION À SENTARÔ MAIS JE NE VOUDRAIS PAS DIRE DE BÊTISES
ET METTRE KAEDE DANS L'EMBARRAS...
haa
NON, JE FAISAIS ÇA POUR GAGNER UN PEU D'ARGENT, C'EST TOUT.
JE SUIS EN MASTER DE CHIMIE À L'UNIVERSITÉ T.
PAS LE MOINS DU MONDE, RINTARÔ S'OCCUPE DES TÂCHES MÉNAGÈRES,
ET EN PLUS, JE NE PAIE PAS DE LOYER.
COMMENT ÇA ?

JE SUIS PROPRIÉTAIRE.
COMMENT ?!!
ÇA T'ÉTONNE TOI AUSSI ?!
OUI, JE N'ÉTAIS PAS AU COURANT.
ÊTRE PROPRIÉTAIRE D'UN TEL LOGEMENT À TON ÂGE, C'EST IMPRESSIONNANT...
SI SEULEMENT RINTARÔ POUVAIT PRENDRE EXEMPLE SUR TOI !
JE VOUS ASSURE, RINTARÔ M'APPORTE BEAUCOUP.
ET PUIS, C'EST UN SI GENTIL GARÇON.
N'EST-CE PAS, RINTARÔ ?
Sourire
BOBOM

AH BON.
FIOUH
BIEN,
JE SUIS RASSURÉ DE VOIR QUE RIN EST ENTRE DE BONNES MAINS.
AH.
FROTTE
FROTTE
ARRÊTE, SEN...
AH !
J'ALLAIS OUBLIER !
J'ai quelque chose pour toi !
AH, IL NE FALLAIT PAS.
SI SI, C'EST TOUT À FAIT NORMAL ! MAIS J'AI LAISSÉ LE PAQUET DANS LA VOITURE.
RIN, TU VAS LE CHERCHER ?
HM ? SI TU VEUX.
DÉSOLÉ, MERCI !
CLIN

TU ES GARÉ OÙ ?
DANS LE PARKING DERRIÈRE LE BÂTIMENT, LE PAQUET EST SUR LA BANQUETTE ARRIÈRE !
AH, RINTARÔ.
FAIS ATTENTION, TU AS ENCORE MIS TON PANTALON À L'ENVERS.
?!!
VRAIMENT, TU NE CHANGERAS JAMAIS...
CLAP
... HAA...
OUF...

MON FRÈRE ET KAEDE SE RESSEMBLENT PAR CERTAINS CÔTÉS...
AH, C'EST VRAI...
J'AVAIS UN PEU PEUR QU'ILS NE S'ENTENDENT PAS...
MAIS APPAREMMENT, JE M'INQUIÉTAIS POUR RIEN.
C'EST SANS DOUTE PARCE QU'ON EST TELLEMENT DIFFÉRENTS QUE J'AI EU DU MAL AU DÉBUT.
MAIS ÇA VEUT DIRE QUE SI ON AVAIT ÉTÉ PAREILS, ON NE SE SERAIT PAS BIEN ENTENDUS ? ... HM ?
CLING
...
ALORS, ON JOUE AU GENTIL GRAND FRÈRE, HEIN ?
J'AI FAIT CE QUE J'AI PU...
JE DOIS AVOUER QUE
TU TE DÉBROUILLES BIEN, MONSIEUR LE PROFESSEUR...

MAIS LA VRAIE QUESTION DANS TOUT ÇA...
C'EST COMMENT TU AS RÉUSSI À CONVAINCRE MES PARENTS DE LAISSER RINTARÔ VIVRE AVEC TOI.
ALLONS, ALLONS, QU'INSINUEZ-VOUS PAR LÀ ?
À SUIVRE

PRIVATE TEACHER 3

LEÇON 10

OH,
DES DORAYAKI ! MES PRÉFÉRÉS EN PLUS !
J'ADORE, C'EST TROP BON !
VOUIIM
SENTARÔ N'A PAS OUBLIÉ MON PETIT FAIBLE POUR CES GÂTEAUX.
ILS ONT DÛ FINIR LEUR CAFÉ, JE VAIS PRÉPARER UN THÉ ET NOUS LES MANGERONS ENSEMBLE.
Sourire
TCHIN
Sourire
CLAP
C'EST MOI... !

ズウウウン…
BOUWHAAAM
?!!
HEIN ? C'EST QUOI CETTE ATMOSPHÈRE ?!
ALORS QU'ILS AVAIENT L'AIR DE BIEN S'ENTENDRE IL Y A CINQ MINUTES… ?
?
QU'EST-CE QUE VOUS…
FIOUH
JE CROIS QUE
NOUS N'AVONS PLUS RIEN À NOUS DIRE.
RIN, ON Y VA.
QUOI ?
SENTARÔ…

KAEDE...
POURQUOI...
IL NE ME RETIENT PAS ?
ZOUIIIIP
ZOUIIIIP
QUE S'EST-IL PASSÉ ?
VROUAAAAM
JE CROIS QU'IL EST SOUS LE CHOC,
MAIS JE N'AVAIS PAS LE CHOIX.
SNIF
MES DORA-YAKI...

JE SUIS SON FRÈRE, PAS QUESTION DE LAISSER PASSER ÇA SANS RIEN DIRE.
ENCORE PLUS AVEC CE TYPE !
ALLONS ALLONS, QU'INSINUEZ-VOUS PAR LÀ ?
UN PROFESSEUR PARTICULIER QUI VIT AVEC UN DE SES ANCIENS ÉLÈVES ?!
C'EST DU JAMAIS VU ! TU AS DÛ EMBOBINER MES PARENTS, IL N'Y A PAS D'AUTRES EXPLICATIONS !
PAS DU TOUT.
JE LEUR AI EXPLIQUÉ EN DÉTAIL LES AVANTAGES DONT BÉNÉFICIERAIT RINTARÔ S'IL VIVAIT AVEC MOI ET ILS ONT TOUT DE SUITE ACCEPTÉ.
C'EST AUSSI SIMPLE QUE ÇA.
TU AS PEUT-ÊTRE RÉUSSI À EMBROUILLER MES PARENTS AVEC TES BELLES PAROLES,
MAIS JE NE SUIS PAS AUSSI CRÉDULE !
JE CONNAIS LES TYPES DANS TON GENRE,
ET JE T'INTERDIS DE T'APPROCHER DE LUI DÉSORMAIS !

MAIS SI JE NE M'ABUSE, VOUS COMPTEZ M'ARRACHER RINTARÔ.
TU VAS T'AMUSER UN PEU AVEC LUI PUIS LE JETER, PAS VRAI ?
HORS DE QUESTION QUE JE TE LAISSE FAIRE LES BRAS CROISÉS.
JE N'AI ABSOLUMENT PAS L'INTENTION DE L'ABAN-DONNER.
ET RINTARÔ A LE DROIT DE CHOISIR OÙ IL VEUT VIVRE.
SI VOUS PERSISTEZ, JE POURRAIS TRÈS BIEN M'EMPORTER
ET NE PLUS RÉPONDRE DE MES ACTES.
GLOUPS
SI VOUS VOYEZ CE QUE JE VEUX DIRE ?
À MOINS QUE JE NE SOIS PAS ASSEZ CLAIR ?

MON CHER BEAU-FRÈRE...
...
DANS CE CAS...
SENTARÔ.
Haa...
TIENS, DU THÉ.
TOU
AH,
MER-CI.

DIS...
DE QUOI TU AS PARLÉ AVEC KAEDE ? TU NE DIS PLUS RIEN DEPUIS TOUT À L'HEURE.
HEIN ?
DE... DE RIEN DU TOUT...
CLANG
POURQUOI TA VOIX TREMBLE ?
JE M'EN DOUTAIS UN PEU...
IL T'A FAIT MAUVAISE IMPRESSION, C'EST ÇA ?
OUI.
JE VOIS QUE TU ES CONSCIENT DE SA VÉRITABLE PERSONNALITÉ.
J'AI EU LA MÊME RÉACTION LA PREMIÈRE FOIS QUE JE L'AI RENCONTRÉ.
SCHKLANG

HM ? C'ÉTAIT QUOI CE BRUIT ?
C'EST MAMAN !!
ELLE A DÛ REVENIR DES COURSES !
LAISSE-MOI TE DIRE UNE CHOSE ! QUE CE SOIT UN GARÇON OU UNE FILLE... MÊME SI JE PRÉFÉRERAIS QUE CE SOIT UNE FILLE...
DU MOMENT QUE TU ES HEUREUX, JE N'AI RIEN À REDIRE !
MAIS CE GARS, C'EST HORS DE QUESTION ! SURTOUT SI TU CONNAIS SON VRAI CARACTÈRE !
HA HA !
C'EST VRAI QU'IL A L'AIR UN PEU FROID AU PREMIER ABORD, MAIS IL N'EST PAS COMME ÇA TOUT LE TEMPS TU SAIS.
AH OUI ? TU PEUX M'EN DIRE PLUS SUR LUI ALORS... ?
HM,
C'EST VRAI QU'IL FAIT PLUS VIEUX QUE SON ÂGE...
MAIS IL PEUT AUSSI ÊTRE ENFANTIN...
HEIN ?!

JAMAIS VU UN GAMIN AVEC UNE TÊTE À CLAQUES PAREILLE ALORS !
LORSQUE JE LUI AI DIT DE NE PLUS T'APPROCHER, IL M'A MENACÉ !
AH.
C'EST POUR ÇA QUE VOUS VOUS ÊTES DISPUTÉS ?
IL M'A DIT
QU'IL ÉTAIT PRÊT À TOUT POUR TE GARDER ! TU M'ENTENDS ?
OUI.
C'EST DONC POUR ÇA QU'IL FAISAIT UNE TÊTE PAREILLE...
IL CROIT ME FAIRE PEUR ?!
HA HA HA ! ÇA LUI RESSEMBLE BIEN !
KAEDE...
IL NE DORMAIT QUE TROIS HEURES PAR NUIT AVANT.
IL N'ÉTAIT PAS POUR AUTANT INSOMNIAQUE.
HEIN ?

MAIS DEPUIS QUE NOUS VIVONS ENSEMBLE, IL S'ENDORT EN MÊME TEMPS QUE MOI, JUSQU'AU PETIT MATIN.
...
JE NE T'AI PAS DEMANDÉ DE ME RACONTER TA VIE AVEC LUI !!
MAIS NON, SENTARÔ, ÉCOUTE...
Hm, comment expliquer...
JE SAIS QUE PARFOIS IL FAIT SEMBLANT DE M'ÉCOUTER,
ALORS QU'EN RÉALITÉ, IL ANALYSE MON COMPORTEMENT...
IL N'A JAMAIS RÉUSSI À FAIRE CONFIANCE À QUI QUE CE SOIT JUSQU'À AUJOURD'HUI.
KAEDE... EST DU GENRE À SE MÉFIER DE TOUT LE MONDE.
OUI,
C'EST ÇA...
JE LE COMPRENDS ENFIN...

KAEDE A SÛREMENT EU UNE VIE DIFFICILE,
ET N'A JAMAIS EU PERSONNE SUR QUI COMPTER...
MAIS JE VEUX QU'IL SACHE...
C'EST PEUT-ÊTRE ÉGOÏSTE ET PRÉTENTIEUX...
QUE MÊME SI JE ME PLAINS LORSQU'IL ME TAQUINE...
ÊTRE DANS LES BRAS L'UN DE L'AUTRE...
JE L'ADORE.
MAIS J'AIME QU'IL AIT BESOIN DE MOI.
IL N'Y A PAS DE PLUS GRAND BONHEUR.

ET SI LE SIMPLE FAIT D'ÊTRE ENSEMBLE LUI SUFFIT,
ALORS JE NE VEUX RIEN CHANGER.
OUI... MOI AUSSI J'AI BESOIN DE LE SAVOIR PRÈS DE MOI.
AH... MAIS À BIEN Y RÉFLÉCHIR...
IL N'A MÊME PAS ESSAYÉ DE ME RETENIR LORSQUE TU M'AS ENTRAÎNÉ AVEC TOI.
GNII
...
FINALEMENT, IL NE M'AIME PEUT-ÊTRE PAS TANT QUE ÇA...
SCHKLANG

HM ?
QU'EST-CE QUI T'ARRIVE ENCORE ?
RHÂÂ !
POURQUOI ÇA SE TERMINE COMME ÇA ?!
!
C'EST DÉCIDÉ !
GRML
PAS POSSIBLE ÇA !!
GRML
SENTARÔ, DE QUOI TU PARLES ?
GRML
CLAP
NE CROIS PAS
QUE JE VAIS BAISSER LES BRAS POUR AUTANT !!
...

IL T'ARRIVE AUSSI DE ROUGIR ?
...
HEIN ?
KAEDE, QU'EST-CE QUE VOUS FAITES ICI ?
C'EST MOI QUI AI CONSEILLÉ À TON FRÈRE DE DISCUTER EN TÊTE À TÊTE AVEC TOI,
POUR QU'IL SACHE CE QUE TU ÉPROUVAIS RÉELLEMENT POUR MOI.
J'ÉTAIS PERSUADÉ QUE TU NE ME PARLERAIS JAMAIS À CŒUR OUVERT
S'IL SE TROUVAIT DANS LA MÊME PIÈCE, C'EST TOUT !!
AH, C'EST POUR ÇA QUE KAEDE NE M'A PAS EMPÊCHÉ DE PARTIR...
MAINTENANT QUE TOUT EST CLAIR,
JE REPARS AVEC RINTARÔ SI VOUS N'Y VOYEZ PAS D'INCONVÉNIENT.
C'EST ÇA, RENTRE CHEZ TOI ! PLUS VITE QUE ÇA ! DE TOUTE FAÇON, JE TE DÉTESTE ! ANDOUILLE !!
RINTARÔ, N'OUBLIE PAS QUE TA VRAIE MAISON EST ICI !
ZIOUP
Chuchote
ALORS, DISPUTEZ-VOUS ET QUITTE-LE VITE, D'ACCORD ?
AH, JE CROIS QUE C'EST MON FRÈRE LE PLUS GAMIN DE NOUS TOUS.
JE VOUS ENTENDS.

ET ATTENDS-TOI À ME VOIR DÉBARQUER UN DE CES JOURS POUR VÉRIFIER QUE TU FAIS BIEN LE MÉNAGE !!
C'EST RINTARÔ QUI S'EN OCCUPE, POUR INFORMATION !!
RHAAAA !!
SENTARÔ...
...
OUPS ! L'ATMOSPHÈRE EST PLUTÔT LOURDE...
ON N'A PAS ÉCHANGÉ UN SEUL MOT DANS LA VOITURE...
SILEEENCE
IL EST PEUT-ÊTRE FÂCHÉ CONTRE SENTARÔ ?
À MOINS QUE CE SOIT PARCE QUE J'AI DIT QU'IL AVAIT PARFOIS UN CÔTÉ GAMIN ?
Hum, je ne vois pas...
AH,
KAEDE...

JE...
COUIC
...
HM...
HM.
HM...
SLURP
SMACK
SMACK
SMACK
HM...
HAA...
SLURP
SLURP
HA...
CLAP
AH !
A... ATTENDEZ...

...
VOUS N'ÊTES PAS EN COLÈRE ?
SMACK
SMACK
POURQUOI ?
VOUS...
VOUS NE M'AVEZ PAS ADRESSÉ LA PAROLE UNE SEULE FOIS SUR LE CHEMIN DU RETOUR...
JE ME SUIS RETENU.
EST-CE QUE TU SAIS À QUEL POINT JE VOULAIS TE SAUTER DESSUS TOUT À L'HEURE ?
TU AURAIS PEUT-ÊTRE PRÉFÉRÉ
QUE JE TE PRENNE DANS LA VOITURE ?
BLUUSH
AH, NON NON, CE N'EST PAS CE QUE JE VOULAIS DIRE !
ALORS COMME ÇA, JE SUIS UN GAMIN POUR TOI ?
SLURP
IL VA FALLOIR QUE TU RETIRES ÇA IMMÉDIATEMENT, C'EST COMPRIS ?
J'EN ÉTAIS SÛR, IL M'EN VEUT !

HAA...
AH.
ARRÊTEZ...
ON EST DANS LE COULOIR...
SCHBLORF
SCHBLORF
SVOUIM
SVOUIM
NE DIS PAS ÇA,
REGARDE UN PEU TON ÉTAT.
ZOUIT
ZOUIT
AAAH... !!
JE SAIS QUE ÇA T'EXCITE QUAND JE TE PARLE COMME ÇA, PAS VRAI ?
AH... !
NON, C'EST FAUX... !

RIN-TA-RÔ...
CARESSE-MOI...
...
GOUIT
HIC
IL EST BRÛLANT...
BOBOM
Haa
Haa
Haa
Haa
Haa
SCHBLORF
SCHBLORF
KA...
KAEDE...
OUI... ?
SCHBLORF
SCHBLORF
ZOUIT
JE...
JE VAIS JOUIR... !
ZOUIT
AAAH, JE VAIS...
SCHBLOUIRF
ZOUIT
ZOUIT
AH ! AH !
TU NE M'AS PAS ATTENDU...
CONTINUE DE ME TOUCHER...

HA.
ZOUIIT
ZOUIT
SCHBLORF
SCHBLORF
HAA...
AH !
SCHPLITCH
SCHBLORF
AAH !
SCHBLORF
ZOUIIP
SCHPLITCH
AH...
ZOUIM
AAAAH AAAH !!
ZOUIP
...
AH... AH !

...
MA PRÉSENCE TE PÈSE TROP ?
TANT QUE TU SERAS À MES CÔTÉS, TU N'AURAS JAMAIS UNE VIE NORMALE...
COM-MENT ?
TU ES TOUT POUR MOI...
MAIS CE N'EST PEUT-ÊTRE PAS TON CAS...
GNAP
!
RIN-TARÔ... ?
C'EST POUR ME VENGER DE CE MATIN.

SI VOUS ÊTES HEUREUX,
JE LE SUIS ET SI VOUS ÊTES TRISTE, JE SUIS TRISTE.
...
QUE RESSENTEZ-VOUS EN CE MOMENT ?
DE LA JOIE... PURE ET SIMPLE.
MOI AUSSI
ALORS.
JE NE VOUS MENS PAS.

TU ES VRAIMENT DOUÉ POUR ME FAIRE RETROUVER LE SOURIRE,
RINTARÔ.
APRÈS LE BAIN.
À PROPOS,
JE VOULAIS TE DEMANDER.
OUI ?
TU N'AS QU'UN SEUL FRÈRE AÎNÉ, N'EST-CE PAS ?
WHOUAAM
CLIP
NON,
J'EN AI DEUX AUTRES.
ET SENTARÔ EST LE PLUS JEUNE DE MES TROIS FRÈRES AÎNÉS.
FRÈRE SUIVANT
AÎNÉ
(27)
(29)
(30)
ENCORE DEUX ROUNDS, DONC...
??
Haa...
SOUPIRA KAEDE, LE REGARD PERDU DANS L'HORIZON...
FIN

PRIVATE TEACHER 3
LEÇON 11

TAP TAP TAP
TAP TAP
RAPPORT D'INVESTIGATIONS SUR RINTARÔ NOE
VOILÀ DÉJÀ PLUSIEURS MOIS QUE JE VIS AVEC RINTARÔ NOE.
FORCE EST DE CONSTATER QU'IL N'A PAS CHANGÉ D'UN POUCE DEPUIS L'ÉPOQUE OÙ JE LUI DONNAIS DES COURS PARTICULIERS.
RINTARÔ.
OUI ?
TON CHAUSSON GAUCHE, C'EST LE MIEN NON ?
COMMENT ? AH !
D'AILLEURS, TU FERAS ATTENTION, MAIS TU PORTES DEUX CHAUSSETTES DIFFÉRENTES. C'EST LA MODE PEUT-ÊTRE ?
AH, EUH, NON EN FAIT...
MAIS J'AI ENFIN COMPRIS QUELQUE CHOSE.

RINTARÔ NE SE FÂCHE JAMAIS.
Ah, zut, je me suis encore trompé.
JE SAIS QUE ÇA PEUT SEMBLER BIZARRE,
MAIS IL NE CONNAÎT VÉRITABLEMENT PAS LE SENS DU MOT COLÈRE.
IMAGE DE RINTARÔ
PLOP
PLOP
PLOP
MÉFIANCE
PLEIN D'AUTRES CHOSES AUSSI
COLÈRE
À BIEN Y RÉFLÉCHIR, NOUS NE NOUS SOMMES JAMAIS DISPUTÉS.
KAEDE.
Hm ?
J'AI PRÉPARÉ DU FLAN AU CHOCOLAT, VOUS EN VOULEZ ?
J'ai changé mes chaussons aussi.
C'EST LOUCHE...
AH,
OUI, MERCI.

!
ATTEND SES IMPRESSIONS.
RINTARÔ,
OUVRE LA BOUCHE.
?
AAAH...
C'EST BON ?
HM...
OUI, JE PENSE...
MIAM
MIAM
BIEN.
TU AS RAISON,
C'EST DÉLICIEUX.
SLUP

...
Blush
HO HO, IL EST TROP MIGNON...
C'EST LA PREMIÈRE FOIS QUE JE VIS AVEC QUELQU'UN DONC JE NE PEUX PAS COMPARER,
MAIS CELA FAIT DÉJÀ UN PETIT MOMENT QUE NOUS SOMMES ENSEMBLE
ET NOUS N'AVONS PAS EU LA MOINDRE ALTER-CATION.
POUR RÉSUMER, J'AI ENVIE DE LE VOIR SE METTRE EN COLÈRE.
TIP
TIP
SI C'EST VRAIMENT DANS SA NATURE DE NE PAS SE FÂCHER,
JE SERAI INDULGENT,
MAIS S'IL ME CACHE DÉLIBÉRÉMENT CETTE FACETTE DE SA PERSONNALITÉ,
JE NE LUI PAR-DON-NERAI PAS.
MA POSSESSIVITÉ ME SURPREND MOI-MÊME.
JE NE SOUHAITE QU'UNE SEULE CHOSE : QU'IL SOIT À MOI, ET RIEN QU'À MOI.
J'IMAGINE QUE LES SIMPLES ONDES DE MA JALOUSIE GRILLERAIENT SUR PLACE LE PREMIER GARÇON QUI OSERAIT L'APPROCHER.
Aaaah !

BON, ET SI J'ESSAYAIS DE LE METTRE EN COLÈRE PAR DIFFÉRENTS MOYENS ?
J'ai tout mangé...
ON VA DIRE QUE C'EST POUR TESTER LES LIMITES DE MA JALOUSIE.
FROTTE FROTTE
EXPÉRIENCE NUMÉRO UN : LE SUBMERGER DE CAPRICES
LE MATIN
BONJOUR KAEDE ! C'EST L'HEURE DE SE LEVER !
HM...
...
OUI ? QUOI ?
FIIXE
JE NE ME LÈVERAI QUE SI TU M'EMBRASSES...
QUE SI TU M'AIDES À M'HABILLER...
ET QUE SI TU ME FAIS MON PETIT-DÉJEUNER !
TOUT ... TOUT ÇA... ?
Si vous voulez...

LE MIDI.
BRR BRR
BRR BRR
ALLÔ, KAEDE ?
TU ES EN PAUSE DÉJEUNER ?
OUI,
QU'EST-CE QU'IL Y A ?
TU ES SEUL ?
?
NON, AVEC DES AMIS.
PARFAIT.
TU PEUX ME DIRE À VOIX HAUTE : « KAEDE, JE VOUS AIME » ?
?!!
MAIN...
MAINTE-NANT... ?
CHUCHOTE
JE... JE VOUS RAPPELLE PLUS TARD...
CHUCHOTE
NON. MAINTENANT. VITE.
...

KA...
JE VOUS AIME.
KAEDE...
STOP
MOI AUSSI.
À CE SOIR ❤
QUOI, C'EST...
C'EST TOUT ?
TUUT
TUUT
...
TUUT
C'était ta copine ?
C'est elle qui t'a demandé de lui dire ça ?
Et il la vouvoyait en plus.
Elle est plus âgée que toi ?
Plutôt entreprenante non ? Pas comme lui.
LE SOIR.
KA... KAEDE !
C'EST VOUS QUI AVEZ CHANGÉ MON OREILLER... ?
OUI,
ET TU REMARQUERAS QU'IL Y A ÉCRIT « YES » DES DEUX CÔTÉS !
HEIN ?
QUOI ?!
CE N'EST PAS « YES » ET « NO » NORMALEMENT ?!
YES

CUI
CUI
CUI
HOP
BON,
ON DIRAIT QUE TOUT CE QUE J'AI ESSAYÉ N'A PAS FONCTIONNÉ...
IL EST EXACTEMENT COMME D'HABITUDE.
JE NE PENSAIS PAS QU'IL ME DONNERAIT AUTANT DE FIL À RETORDRE...
AH ZUT,
J'AI MANQUÉ LA RÉCEPTION !!
BON, IL NE ME RESTE PLUS QU'À CHANGER MES MÉTHODES.
...
KAEDE...
OUI ?

EXPÉRIENCE NUMÉRO DEUX : LUI IMPOSER MES FANTASMES LES PLUS DÉBRIDÉS
NE ME DITES PAS
QUE LE PAQUET ARRIVÉ TOUT À L'HEURE PAR LA POSTE, C'ÉTAIT CE COSTUME... ?
LAPIN うさ
LAPIN うさ
SI POURQUOI ? COMMENT TU AS DEVINÉ ? ❤
JE N'AIME PAS ME DÉGUI-SER...
J'AI PASSÉ L'ÂGE DE PORTER DES ACCOUTREMENTS PAREILS, ÇA NE ME VA PAS DU TOUT EN PLUS.
RINTARÔ.
LE PROBLÈME N'EST PAS LÀ. JE VEUX SIMPLEMENT QUE TU PORTES CE COSTUME POUR MA SIMPLE SATISFACTION PERSONNELLE, ET RIEN DE PLUS.
ET D'AILLEURS, JE T'ASSURE QU'IL TE VA TRÈS BIEN.
Snif
KAEDE...
AIR CONVAINCANT
OUI MAIS...

CLING
VOUS AVIEZ VRAIMENT BESOIN DE M'ATTACHER LES POIGNETS ?
AH...
TU NE TE DEMANDES PAS CE QUI VA T'ARRIVER MAINTENANT QUE TU ES À MA MERCI ?
SMACK
SMACK
SLURP
KAEDE...
AH.
TAP
TU SAVAIS QU'IL Y AVAIT UNE FERMETURE ÉCLAIR ICI ?
GLOUP
N...
NON...
JE VAIS L'OUVRIR JUSTE POUR VOIR.

HO HO...
COMME C'EST EXCITANT DE TE REGARDER DANS UNE TELLE POSTURE...
かあああ…
BLUUUSH
... !
ARRÊTEZ,
KAEDE...
PARDON ?
AH.
GNiii
TU AS POURTANT
L'AIR D'AIMER ÇA ?
ZIOUP !
AAAH...
haa
AH !
HM...
AH... !
haa
haa

HAA...
AH.
SMACK
SCHLINK
SCHLINK
KA...
KAEDE...
SMACK SMACK
S'IL VOUS PLAÎT... LIBÉREZ-MOI...
OOOH NON,
TU VAS ENLEVER TES OREILLES DE LAPIN, PAS VRAI ?
NON,
CE N'EST PAS ÇA...
Haa...
ALORS POURQUOI ?
ZIOUP
C'EST PARCE QUE...
JE VEUX
VOUS PRENDRE DANS MES BRAS...

TU SAIS
QUE SI TU CONTINUES À DIRE CE GENRE DE CHOSES, ÇA VA ME DONNER ENVIE DE TE TORTURER ENCORE PLUS ?
HOP LÀ
QUOI ?
AH, CE N'EST PAS CE QUE... !!
AAAAAH
TROIS HEURES PLUS TARD.
HAA...
MINCE...
ÉPUISÉ
OBJECTIFS MANQUÉS, L'EXPÉRIENCE NUMÉRO DEUX SE SOLDE PAR UN ECHEC.
ET À BIEN Y RÉFLÉCHIR,
ON NE FAIT RIEN DE PLUS QUE CE QUE L'ON FAIT D'ORDINAIRE...
Haa...
TOUT CE QUI ME VIENT À L'ESPRIT...
ÇA SERAIT DE FAIRE SEMBLANT DE LE TROMPER ?

MAIS LE CONNAIS-SANT,
CELA LE FERAIT JUSTE PLEURER.
Ha ha...
JE LE SAVAIS DÉJÀ MAIS J'EN SUIS DÉSORMAIS CERTAIN,
SOUS SON APPARENCE DE GARÇON ORDINAIRE...
*
分かっていた事だったが、改めて思い知らされる。
彼は一見すると、少し間の抜けているどこにでもいるような普通の男だが
TAP
TAP
TAP
* JE LE SAVAIS DÉJÀ MAIS J'EN SUIS DÉSORMAIS CERTAIN, SOUS SON APPARENCE DE GARÇON ORDINAIRE...
C'EST SÛR...
IL EST DIFFÉRENT DES AUTRES.
STOP
PAS MOYEN DE L'EXPRIMER CLAIREMENT...
JE ME SENS APAISÉ À SES CÔTÉS ET POURTANT, PLUS JE LE CONNAIS ET PLUS IL ME PERTURBE...

EST-CE PARCE QUE JE N'ARRIVE PAS À LE CERNER AUTANT QUE JE LE VOUDRAIS ?
J'AI ENCORE TANT DE CHOSES À APPRENDRE DE LUI...
CLAP
C'EST MOI !
!
GNNN
むっ…
BONSOIR.
AH,
ON DIRAIT QU'IL EST DE MAUVAISE HUMEUR ?
BOBOM
ドキ
ドキ
BOBOM
POURQUOI ?
À CAUSE DE CE DÉGUISEMENT DE LAPIN ?
QU'EST-CE QUI T'ARRIVE,
TU N'AS PAS L'AIR EN FORME ?

AH,
RIEN DU TOUT.
CLAP
CLAP
J'AI CRU UNE SECONDE QU'IL ALLAIT ME DIRE QUELQUE CHOSE...
JE VAIS RANGER VOTRE SAC.
CLAP
...
MAIS IL SEMBLERAIT
QU'IL NE SOIT PAS EN COLÈRE À CAUSE DE MOI.
ET DONC,
AVEC QUI TU T'ES DISPUTÉ POUR FAIRE UNE TÊTE PAREILLE ?
!!
CO...
COMMENT VOUS AVEZ DEVINÉ ?
GLOUPS
JE M'EN DOUTAIS...
GNN
GNN

IL M'A SUFFI DE TE REGARDER.
ET DONC, AVEC QUI ?
AH, AVEC...
MON FRÈRE...
GNN
SENTARÔ ?
AH BON... ?
ENCORE LUI ?!
POURTANT, VOUS VOUS ENTENDEZ BIEN, NON ? QUE S'EST-IL PASSÉ ?
SI C'ÉTAIT LE CAS, TU NE FERAIS PAS UNE TÊTE PAREILLE.
...
AH,
EUH...
RIEN... RIEN DE GRAVE...

JE... JE VOUS ASSURE...
JE VOIS...
TU NE VEUX DONC PAS TE CONFIER À MOI, C'EST ÇA ?
ALORS,
DIS-MOI TOUT.
NON NON, CE N'EST PAS ÇA...
...
JE NE VEUX PAS VOUS EN PARLER.
ÇA SUFFIT.
CLANG

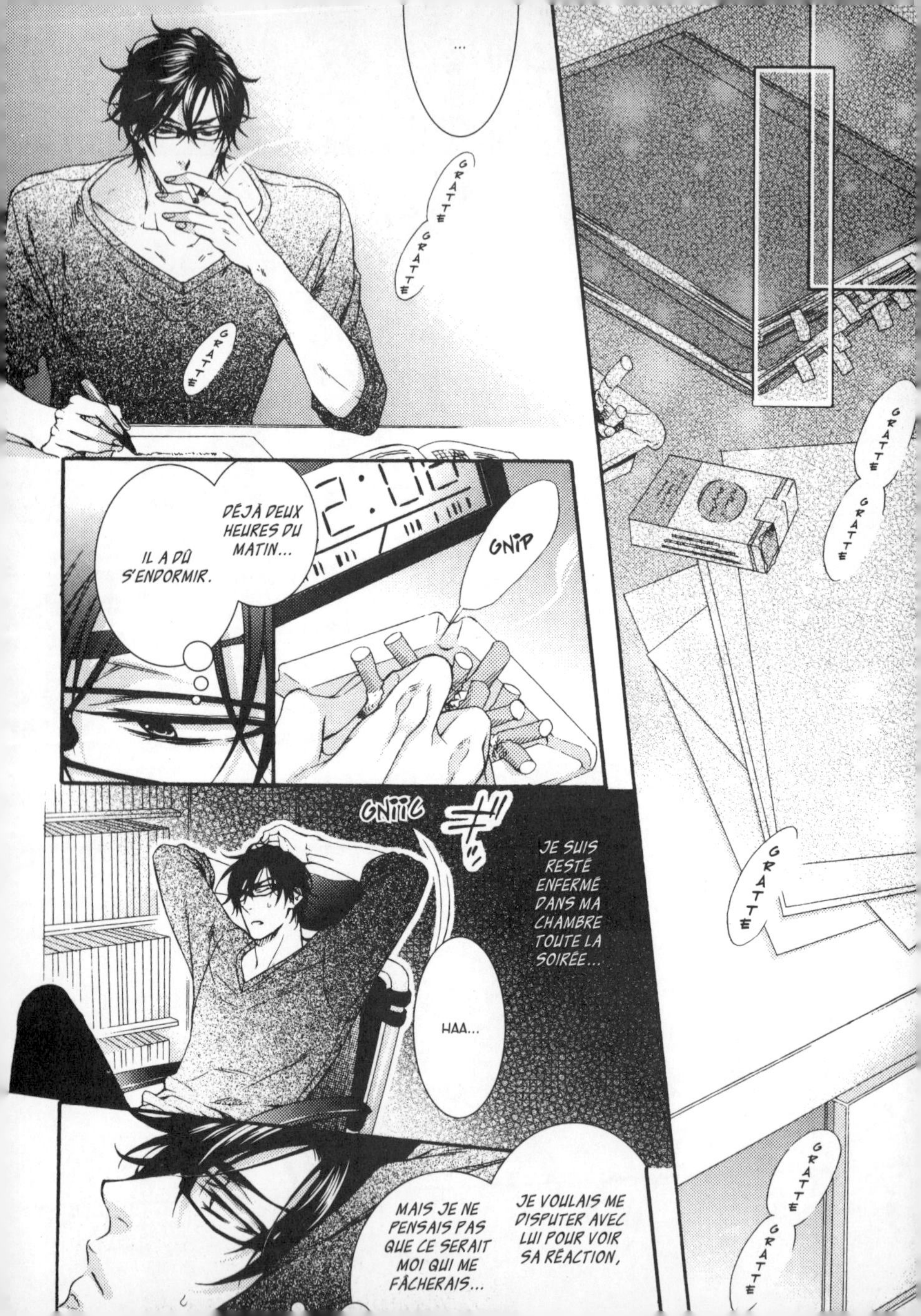
GRATTE GRATTE
...
GRATTE GRATTE
GRATTE
DÉJÀ DEUX HEURES DU MATIN...
IL A DÛ S'ENDORMIR.
GNIP
GRATTE
GNIIIC
JE SUIS RESTÉ ENFERMÉ DANS MA CHAMBRE TOUTE LA SOIRÉE...
HAA...
GRATTE GRATTE
JE VOULAIS ME DISPUTER AVEC LUI POUR VOIR SA RÉACTION,
MAIS JE NE PENSAIS PAS QUE CE SERAIT MOI QUI ME FÂCHERAIS...

...
D'AILLEURS, POURQUOI ARRIVE-T-IL À ÊTRE EN COLÈRE CONTRE SON FRÈRE ET PAS CONTRE MOI ?
GNNN
QU'EST-CE QUI NOUS DIFFÉRENCIE À CE POINT ?
C'EST PARCE QUE C'EST UN MEMBRE DE SA FAMILLE ?
SI C'EST ÇA, JE CROIS QUE JE NE POURRAI JAMAIS RIEN Y FAIRE.
PLUS DE CIGARETTES...
VOILÀ CE QUE C'EST QUE DE S'ÉNERVER TOUT SEUL.
J'ai mal à la gorge...
KEUF
GNAP
GNN
GNN
GNN
...
IL M'EN RESTE DANS LE SALON.
CLANG

...
BRILLLE
TAP
IL A L'AIR SI INNOCENT...
Haa ...
Haa ...
ET DIRE QUE JE DÉPRIME À CAUSE DE TOI...
MOUIM

HM ?
OÙ EST MON OREILLER ?
HOP
HOP
C'EST SA FAÇON DE ME DIRE QU'IL NE VEUT PAS DORMIR AVEC MOI CE SOIR ?
TOUT CE QU'IL M'A APPORTÉ JUSQU'À AUJOURD'HUI
ME COMBLE DE BONHEUR. UN BONHEUR QUE JE N'AVAIS JAMAIS CONNU JUSQU'À PRÉSENT.
EST-CE DE L'AMOUR ?
OU JUSTE DE LA DÉPENDANCE ?
JE N'ARRIVE PLUS À FAIRE LA DIFFÉRENCE...
MAIS LORSQUE JE ME DIS
QU'IL ME RESTE ENCORE TANT DE CHOSES À DÉCOUVRIR DE LUI, L'IMPATIENCE ME SUBMERGE...

APRÈS AVOIR GOÛTÉ À CE BONHEUR,
LA SEULE CHOSE QUI M'EFFRAIE, C'EST DE LE PERDRE UN JOUR.
Haa …
…
J'AI BIEN CHANGÉ AVEC LE TEMPS…
JE VEUX ÊTRE LE SEUL À POSSÉDER TON CŒUR…
À SUIVRE

PRIVATE TEACHER 3
LEÇON 12

KEUF
KAEDE,
VOUS AVEZ MAL À LA GORGE ?
NON NON,
J'AI JUSTE UN PEU TROP FUMÉ.
...
HUM... JE CROIS QUE J'AURAIS MIEUX FAIT DE ME TAIRE...
ALORS QUE D'HABITUDE C'EST UNE VRAIE TÊTE EN L'AIR, JE ME DEMANDE POURQUOI IL REMARQUE TOUJOURS CE GENRE DE DÉTAIL.

MAIS C'EST AUSSI ÇA QUE J'AIME EN LUI.
ALORS QUE J'ESSAIE DÉSESPÉRÉMENT DE LE METTRE EN COLÈRE, IL DÉJOUE TOUS MES PLANS SANS LA MOINDRE DIFFICULTÉ.
JE NE SAIS PAS À QUELLE HEURE JE RENTRE CE SOIR,
NE M'ATTENDS PAS.
AH, IL EST INQUIET.
IL NE SAIT PAS À QUOI JE PENSE.
FORCÉMENT, JE LE FAIS EXPRÈS.
GNIIIC

J'ESPÈRE QU'IL NE M'EN VEUT PAS TROP... MAIS C'EST PLUS FORT QUE MOI...
RINTARÔ...
TU ES LE CENTRE DE MON UNIVERS ET IL M'ARRIVE DE NE PLUS SAVOIR COMMENT RÉAGIR FACE À TON VISAGE DÉSEMPARÉ.
HAA...
restaurant
FAMIRES
MIRES
KEUF
ET DONC...
QUE ME VOULEZ-VOUS ?
RIN NE VEUT PLUS ME PARLER ET JE VOUDRAIS QUE TU M'AIDES À ME RÉCONCILIER AVEC LUI...

SI TU CROIS QUE C'EST AUSSI SIMPLE !
IL NE RÉPOND PAS À MES APPELS ET IGNORE MES MAILS !
JE SUIS ALLÉ LE CHERCHER À LA FAC, MAIS IL M'ÉVITE COMME LA PESTE !
GRML
GRML
GRML
RENTRE DU TRAVAIL, D'OÙ LE COSTUME
C'EST VOTRE FRÈRE NON ?
VOUS N'ÊTES PAS CAPABLE DE LE FAIRE VOUS-MÊME ?
TSS...
C'EST SA FAUTE SI L'AMBIANCE ENTRE RINTARÔ ET MOI S'EST DÉGRADÉE...
Mais euuuh...
GROAAAR
EN MÊME TEMPS, C'EST L'OCCASION RÊVÉE DE LE FAIRE RAMPER À MES PIEDS...
JE VOUS PRÉVIENS, JE NE VEUX PAS ÊTRE TENU RESPONSABLE DE CE QUI SE PASSERA ENTRE VOUS
DU FAIT DE MON INTERVENTION. COMPRIS ?

OK,
JE COMPRENDS QUE TU SOIS FÂCHÉ APRÈS CE QUE JE T'AI FAIT...
MAIS C'EST AUSSI DE TA FAUTE SI ON S'EST DISPUTÉS ALORS...
COMMENT ?
VOUS VOUS ÊTES DISPUTÉS À CAUSE DE MOI ?
?
NE FAIS PAS L'INNOCENT, TU LE SAIS TRÈS BIEN !
Alors inutile d'en remettre une couche !
NON,
RINTARÔ NE M'A RIEN DIT.
TAP
JE VEUX BIEN VOUS AIDER, MAIS IL VA FALLOIR ME DONNER TOUS LES DÉTAILS DE CETTE HISTOIRE.

POURQUOI VOUS ÊTES-VOUS DISPUTÉS ?
...
LORSQUE J'AI ÉNUMÉRÉ LES DIX DÉFAUTS QUE JE DÉTESTAIS LE PLUS CHEZ TOI, IL M'A RÉPONDU FROIDEMENT QU'IL NE VOULAIT PLUS JAMAIS ME PARLER.
snif
snif
snif
ガクゥ
HEEEIN ?
TOUT...
TOUT ÇA POUR ÇA ?
ET VOUS VENEZ PLEURER SUR MON ÉPAULE POUR UNE RAISON PAREILLE ?
HÉ, ÇA VA, N'EN RAJOUTE PAS NON PLUS HEIN !
C'EST EN ME PARLANT COMME ÇA QUE VOUS ESPÉREZ ME CONVAINCRE DE VOUS AIDER ?
EUH... OUAIS, DÉSOLÉ POUR TOUT...
JE CROIS QUE ÇA NE VA PAS ÊTRE POSSIBLE...
C'EST MIEUX.
...
JE VOUS PRÉSENTE TOUTES MES EXCUSES.
MAIS CE N'EST PAS MON GENRE
DE ME MÊLER DES DISPUTES QUI NE ME CONCERNENT PAS ET DE JOUER LES ENTREMETTEURS.
QUOI ?!
TU ME DIS ÇA APRÈS QUE JE ME SUIS EXCUSÉ ?!

PERSONNEL-
LEMENT,
ÇA NE ME DÉRANGE PAS QUE VOUS SOYEZ EN FROID AVEC RINTARÔ.
AU CONTRAIRE, MÊME.
RHÂÂA, PAS VRAI ÇA...
JE T'EN PRIE, AIDE-MOI !!
HUM, BON, D'ACCORD.
TU NE PERDS RIEN POUR ATTENDRE TOI !
GRML
GRML
MAIS JE NE COMPRENDS VRAIMENT PAS POURQUOI RINTARÔ N'A PAS VOULU ME DONNER LA RAISON DE LEUR DISPUTE...
CE N'ÉTAIT PAS SI GRAVE QUE ÇA...
KEUF
GNIC

JE N'AI PAS ENVIE DE VOUS EN PARLER.
MAIS OUI...
IL NE VOULAIT SÛREMENT PAS M'AVOUER
CE QUE SON FRÈRE A DIT SUR MOI.
CE N'ÉTAIT PAS APRÈS MOI QU'IL ÉTAIT FÂCHÉ...
HOP
... HAA... JE SUIS SOULAGÉ QUELQUE PART...
MAIS JE RÉFLÉCHIS VRAIMENT TROP...
Haa...
VROUAAM

CLAP
TU ES ENCORE DEBOUT ?
IL EST POURTANT PLUS D'UNE HEURE DU MATIN.
FLAP
AH,
BONSOIR.
DÉPÊCHE-TOI D'ALLER DORMIR OU TU NE POURRAS PAS TE RÉVEILLER DEMAIN.
JE NE SUIS PAS EN PÉRIODE D'EXAMENS, NE VOUS EN FAITES PAS...
AH BON...
DITES...
KAEDE...
TON FRÈRE S'EST EXCUSÉ.
COMMENT ?
VOUS AVEZ VU SENTARÔ ?
OUI. IL M'A TOUT EXPLIQUÉ.
TU N'AVAIS PAS BESOIN DE TE METTRE EN COLÈRE POUR SI PEU TU SAIS.

OUI MAIS...
NON,
ÉCOUTE, RINTARÔ...
QUOI ?
?
JE SAIS QUE VOUS VOUS ÊTES DISPUTÉS À CAUSE DE MOI ET J'AVOUE ÊTRE TOUCHÉ MAIS...
JE NE COMPRENDS PAS...
MA QUESTION VA PEUT-ÊTRE TE PARAÎTRE BIZARRE, MAIS...
POURQUOI TU T'ES MIS DANS UN ÉTAT PAREIL POUR MOI ?

JE ME POSE LA QUESTION DEPUIS LE DÉBUT...
RINTARÔ...
QU'EST-CE QUE TU ME TROUVES ?
J'AI TOUJOURS EU CONFIANCE EN MOI.
JE SUIS BEAU GARÇON, J'ÉTUDIE DANS UNE UNIVERSITÉ RÉPUTÉE ET MES PARENTS SONT RICHES.
J'AI TOUJOURS SU POURQUOI ON ME FLATTAIT.

MAIS AVEC LUI...
C'EST POUR ÇA QUE JE ME POSE CETTE QUESTION.
JE SAIS PARFAITEMENT QUE TU N'ES PAS D'UN NATUREL CALCULATEUR,
C'EST DIFFÉRENT,
JE N'ARRIVE PAS À DEVINER CE QU'IL PENSE VRAIMENT DE MOI.
GNIP
J'ESSAIE EN VAIN DE LE METTRE EN COLÈRE,
...
JE LE TAQUINE AUTANT QUE JE PEUX...
ET JAMAIS IL NE ME REPOUSSE OU MONTRE LE MOINDRE SIGNE DE DÉSAFFECTION... C'EST TROP BEAU POUR ÊTRE VRAI.

PARDON...
FIOUH
EST-CE QUE CELA SIGNIFIE QUE TU M'ACCEPTES ENTIÈREMENT POUR CE QUE JE SUIS ?
J'AIME TELLEMENT DE CHOSES CHEZ VOUS...
QUE JE NE SAIS PAS PAR QUOI COMMENCER.

... BON.
ESSAIE. QUAND MÊME.
HM...
VOUS ÊTES CAPRICIEUX, MAIS AU FINAL VOUS FAITES TOUJOURS CE QUE JE VEUX.
AH OUI ?
OUI.
GNIP
JE DOIS TOUT DIRE ?
OUI, TOUT.
VOUS ÊTES PARFOIS MÉCHANT AVEC MOI, MAIS JE SAIS QUE C'EST PARCE QUE VOUS VOULEZ QUE JE M'OCCUPE PLUS DE VOUS.
COMME MAINTENANT.
CONTINUE DE PARLER...

HM ?
KAEDE... VOUS ÊTES BOUILLANT, NON ?
ZIOUP
AH, MAIS VOUS AVEZ DE LA FIÈVRE !!
QU'EST-CE QUI VOUS ARRIVE ?!
...
JE VEUX QUE TU RESTES À MES CÔTÉS, POUR TOUJOURS...
BIP
BIP
38,7...
C'EST BEAUCOUP.
KEUF
KEUF
JE M'EN DOUTAIS UN PEU CE MATIN QUAND JE VOUS AI ENTENDU TOUSSER...
JE VOUS ACCOMPAGNE CHEZ LE MÉDECIN DEMAIN SI VOTRE FIÈVRE N'A PAS BAISSÉ.
Haa...
JE T'AI PEUT-ÊTRE TRANSMIS MES MICROBES CE MATIN EN T'EMBRASSANT...

NON, JE VAIS BIEN, NE VOUS EN FAITES PAS.
BON, JE VAIS VOUS CHERCHER UN PEU D'EAU...
GNIP
AH !
RINTARÔ.
KAEDE,
VOUS DEVEZ VOUS REPOSER D'ABORD !
NE T'EN FAIS PAS...
AVEC DE LA FIÈVRE, ON N'EST PAS CENSÉ PENSER À CE GENRE DE CHOSES... MAIS SI J'Y ARRIVE C'EST QUE JE NE SUIS PAS SI MAL EN POINT QUE ÇA...
POUIM
CE N'EST POURTANT PAS L'IMPRESSION QUE VOUS DONNEZ...
S'IL TE PLAÎT.

RINTARÔ...
J'AI ENVIE DE TOI...
KA...
KAEDE...
BLUSH
...
...
VOUS ME PROMETTEZ DE BIEN VOUS REPOSER APRÈS ALORS... ?
D'ACCORD ?
OUI...
ah celui-là..
PROMIS.

TAP
MAIS RESTEZ COUCHÉ.
BON, OK.
JE M'OCCUPE DE TOUT AUJOURD'HUI.
TOUJOURS EN TRAIN DE RÉDIGER SES NOTES.
JE M'ATTENDAIS À TOUT SAUF À ÇA.

JE PENSAIS LE CONNAÎTRE PAR CŒUR
MAIS JE ME RENDS COMPTE AUJOURD'HUI À QUEL POINT J'AVAIS TORT.
TCHOUP
SMACK
TCHOUP
SMACK
DITES-MOI SI VOUS ÊTES TROP FATIGUÉ, D'ACCORD ?
NE COMPTE PAS SUR MOI POUR ÇA.
KAEDE...
HM...
TCHOUP
SMACK
HM...
HM...
HM.
HM...
BRR
HM...
GIOUP
GIOUP
GIOUP
GIOUP
HAA...
HM... !

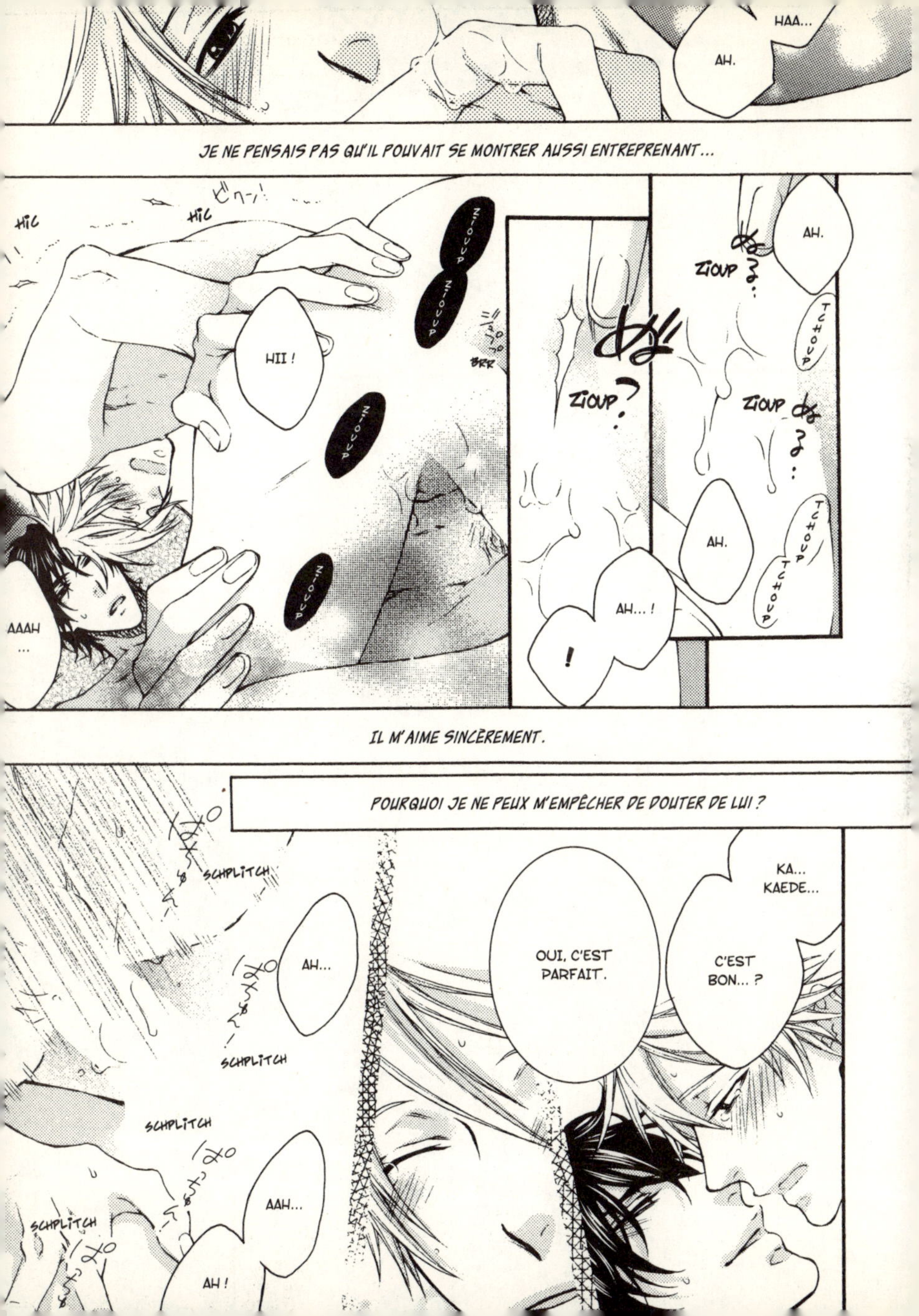
HAA...
AH.
JE NE PENSAIS PAS QU'IL POUVAIT SE MONTRER AUSSI ENTREPRENANT...
AH.
ZIOUP
TCHOUP
ZIOUP
ZIOUP
AH.
TCHOUP
TCHOUP
AH... !
!
ZIOUVUP
ZIOUVUP
BRR
HII !
HIC
HIC
ZIOUVUP
ZIOUVUP
AAAH
...
IL M'AIME SINCÈREMENT.
POURQUOI JE NE PEUX M'EMPÊCHER DE DOUTER DE LUI ?
KA...
KAEDE...
C'EST BON... ?
OUI, C'EST PARFAIT.
SCHPLITCH
AH...
SCHPLITCH
SCHPLITCH
AAH...
SCHPLITCH
AH !

AH...
TAP
TAP
AH...
AH...
HAA...
VOUS AVEZ JOUI AVANT MOI.
HAA
HAA
OUI,
JE N'AI PAS RÉUSSI À ME RETENIR AUJOURD'HUI...
HA HA !
C'EST À CAUSE DE LA FIÈVRE...
MAIS VOUS ÊTES SI MIGNON COMME ÇA.
OUI...

JE CROIS QUE J'AI ENFIN COMPRIS LE VÉRITABLE SENS DU MOT « IRRÉSISTIBLE »...
KAEDE,
C'EST UNE LETTRE DE MON FRÈRE.
AH,
MERCI.
HM ? QU'EST-CE QUE C'EST ?
ÇA ? C'EST MA RÉCOMPENSE POUR VOUS AVOIR PERMIS DE VOUS RÉCONCILIER.
DES PHOTOS DE TOI QUAND TU ÉTAIS PETIT. ❤
FLAP
QUOI ?!!
...
RENDEZ-LES-MOI !!
OH NON !
JE VAIS LES SCANNER ET LES METTRE EN FOND D'ÉCRAN.
TU ES TROP MIGNON EN TRAIN DE PLEURER AVEC TA GLACE QUI FOND.
...

GNIP
SMACK
HOP
HOP
AH...
AH.
ATTRA-PÉES !
JE VOIS QUE TU COMMENCES À CONNAÎTRE MES FAIBLESSES.
C'EST NORMAL, APRÈS TOUT CE TEMPS PASSÉ ENSEMBLE.
AH OUI ? JE VAIS DEVOIR ME VENGER COMME IL SE DOIT ALORS.
COM-MENT ?
AH,
ATTENDEZ, NON... !!
Aaah...
CHAQUE JOUR EN TA PRÉSENCE EST UN NOUVEAU JOUR DE BONHEUR POUR MOI.
FIN
PLUS QU'HIER, ET BIEN MOINS QUE DEMAIN...

PRIVATE TEACHER 3
SPIN OFF

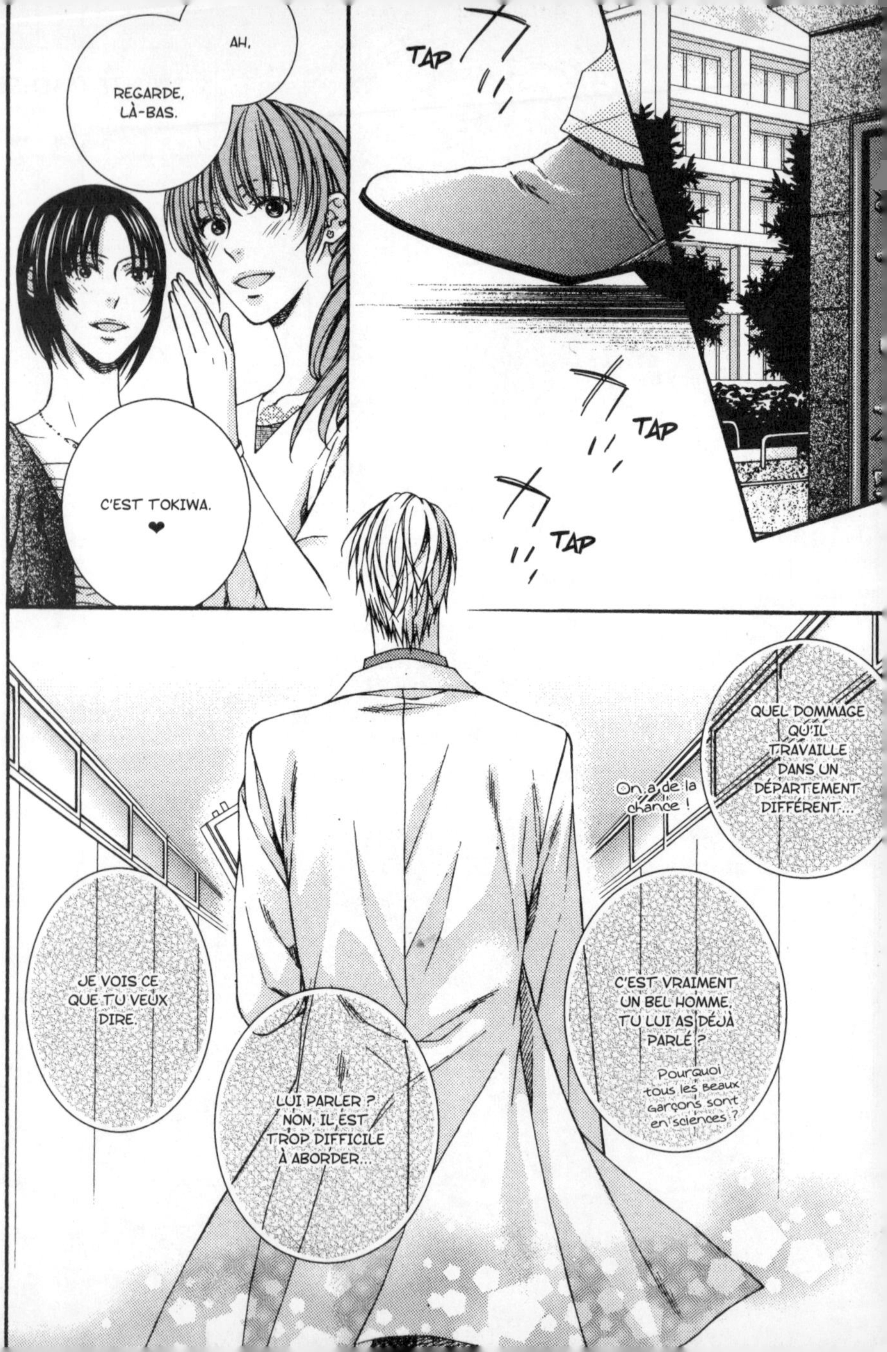
TAP
TAP
TAP
AH.
REGARDE, LÀ-BAS.
C'EST TOKIWA. ❤
QUEL DOMMAGE QU'IL TRAVAILLE DANS UN DÉPARTEMENT DIFFÉRENT...
On a de la chance !
C'EST VRAIMENT UN BEL HOMME. TU LUI AS DÉJÀ PARLÉ ?
Pourquoi tous les beaux garçons sont en sciences ?
LUI PARLER ? NON, IL EST TROP DIFFICILE À ABORDER...
JE VOIS CE QUE TU VEUX DIRE.

CLAP
TOILET
C'EST UN COUP À SE PRENDRE UN VENT, PAS VRAI ?
GNIIIC
...
J'AI VRAIMENT L'AIR SI FROID QUE ÇA... ?
JE DOIS AVOIR UN REGARD TROP PERÇANT...
FROTTE
FROTTE
JE ME DEMANDE
SI J'ARRIVERAI UN JOUR À ME FAIRE DES AMIS...
LES SEULES PERSONNES AVEC QUI J'AI PARLÉ PLUS DE CINQ MINUTES CES DERNIERS TEMPS, CE SONT MES PARENTS ET MES COLLÈGUES...
Est-ce que parler du temps compte ?
Snif
HAA, SI SEULEMENT JE POUVAIS ÊTRE UN PEU PLUS EXPRESSIF...
ET SOURIANT AUSSI, POUR QU'ON VIENNE ME PARLER SANS CRAINTE...
GNIIC

AH.
OUI...
SOURIRE
Ah, Haruka.
TOKIWA !
JE TE CHERCHAIS !
COMME HARUKA...
HARUKA ÉTUDIE DANS LE MÊME DÉPARTEMENT QUE MOI. C'EST UN COUSIN DE SUMIZOME.
BON APPÉTIT !
JE L'AI RENCONTRÉ PAR HASARD ALORS QUE J'ATTENDAIS SUMIZOME.
ET DEPUIS, JE NE SAIS PAS POURQUOI, IL NE ME LÂCHE PLUS. UN GARÇON BIEN ÉTRANGE...
ON N'EST PAS EN MÊME ANNÉE ET ON SUIT DES COURS DIFFÉRENTS, MAIS IL VEUT TOUJOURS QU'ON DÉJEUNE ENSEMBLE.

J'AI TOUJOURS MANGÉ SEUL... IL S'INQUIÈTE PEUT-ÊTRE POUR MOI ?
BOBOM
GRR
HM... JE CROIS QUE JE LUI AI FAIT MAUVAISE IMPRESSION, LÀ.
FORCÉMENT... SE FAIRE DÉVISAGER PAR QUELQU'UN D'INEX-PRESSIF...
GRR
GRR
J'ESPÈRE QU'IL N'EST PAS TROP FÂCHÉ QUAND MÊME...
PANIQUE TOTALE SOUS SON AIR STOÏQUE
...
...
MPHF
AH !
TU EN VEUX, C'EST ÇA ?

TIENS !
OUVRE LA BOUCHE ! AAAH !
Haaa...
COMMENT PEUT-IL ÊTRE AUSSI GENTIL AVEC MOI ?
...
MERCI.
HOP
IL VA
SÛREMENT MAL LE PRENDRE SI JE MANGE DIRECTEMENT DANS SA CUILLÈRE...
JE VAIS D'ABORD LE METTRE DANS MON ASSIETTE...
...
PSS
HM... PAS MOYEN DE LIRE DANS TES PENSÉES...

?
TU AS DIT QUELQUE CHOSE ?
NON NON, RIEN DU TOUT !
C'EST VRAIMENT UN GENTIL GARÇON...
TOKIWA !
TOKIWA !
HOP
MAIS J'IMAGINE QUE C'EST SA FAÇON À LUI DE ME DIRE QU'IL M'APPRÉCIE.
UN PEU TROP COLLANT PARFOIS.
On va manger ?

LE SEUL PROBLÈME DANS TOUT ÇA...
GNAP
TOKIWA !
GLOUPS
OH ! TA MAIN EST GELÉE !
AH BON ?
LAISSE-MOI LA SERRER ALORS, JE VAIS TE LA RÉCHAUFFER !
GNIP
DÉSOLÉ, C'EST TOUJOURS COMME ÇA...
HM ? TU TREMBLES, ÇA NE VA PAS ?
TOKIWA ?
BRR
BRR
BRR
BRR
DEPUIS TOUJOURS, JE COMMENCE À TREMBLER DÈS QUE JE STRESSE UN PEU...

JE NE PEUX PAS LUI DIRE QUE C'EST PARCE QUE
JE N'AI PAS L'HABITUDE DU CONTACT PHYSIQUE...
Mais il va croire que je suis malade...
TOUT VA BIEN.
Mphf...
C'EST VRAI ?
TANT MIEUX ALORS.
GNIP
BRR
ガタ
BRR
ガタ
BRR
ガタ
IL ME TROUBLE AU PLUS HAUT POINT, MAIS CE N'EST PAS POUR ME DÉPLAIRE.

JE N'OSE PAS POUR LE MOMENT,
MAIS UN JOUR,
JE LE REMERCIERAI DE SA GENTILLESSE À MON ÉGARD.
JE ME SENS MIEUX DANS MA PEAU LORSQU'IL EST À MES CÔTÉS,
ET J'AI UN PEU PLUS CONFIANCE EN MOI GRÂCE À LUI.
J'AIMERAIS QU'UN JOUR, NOUS SOYONS AMIS.
JE TE RASSURE, JE N'AI PAS LA MOINDRE ATTENTION DE DEVENIR SON AMI.

MAIS TOUTES MES ILLUSIONS ONT BRUSQUEMENT VOLÉ EN ÉCLATS.
HARUKA...
HARUKA ET KAEDE... ?
SI TU TIENS TANT À TE FAIRE REMARQUER, ESSAIE AU MOINS DE CACHER QU'ON EST COUSINS...
QUOI ? COMMENT TU PEUX ME DIRE ÇA ?
JE NE LE FAIS PAS MARCHER...
MAIS J'AI UN OBJECTIF, ET POUR Y PARVENIR, JE NE RECULERAI DEVANT RIEN...
COUIC
À QUOI
EST-CE QUE JE POUVAIS BIEN M'ATTENDRE D'AUTRE ?

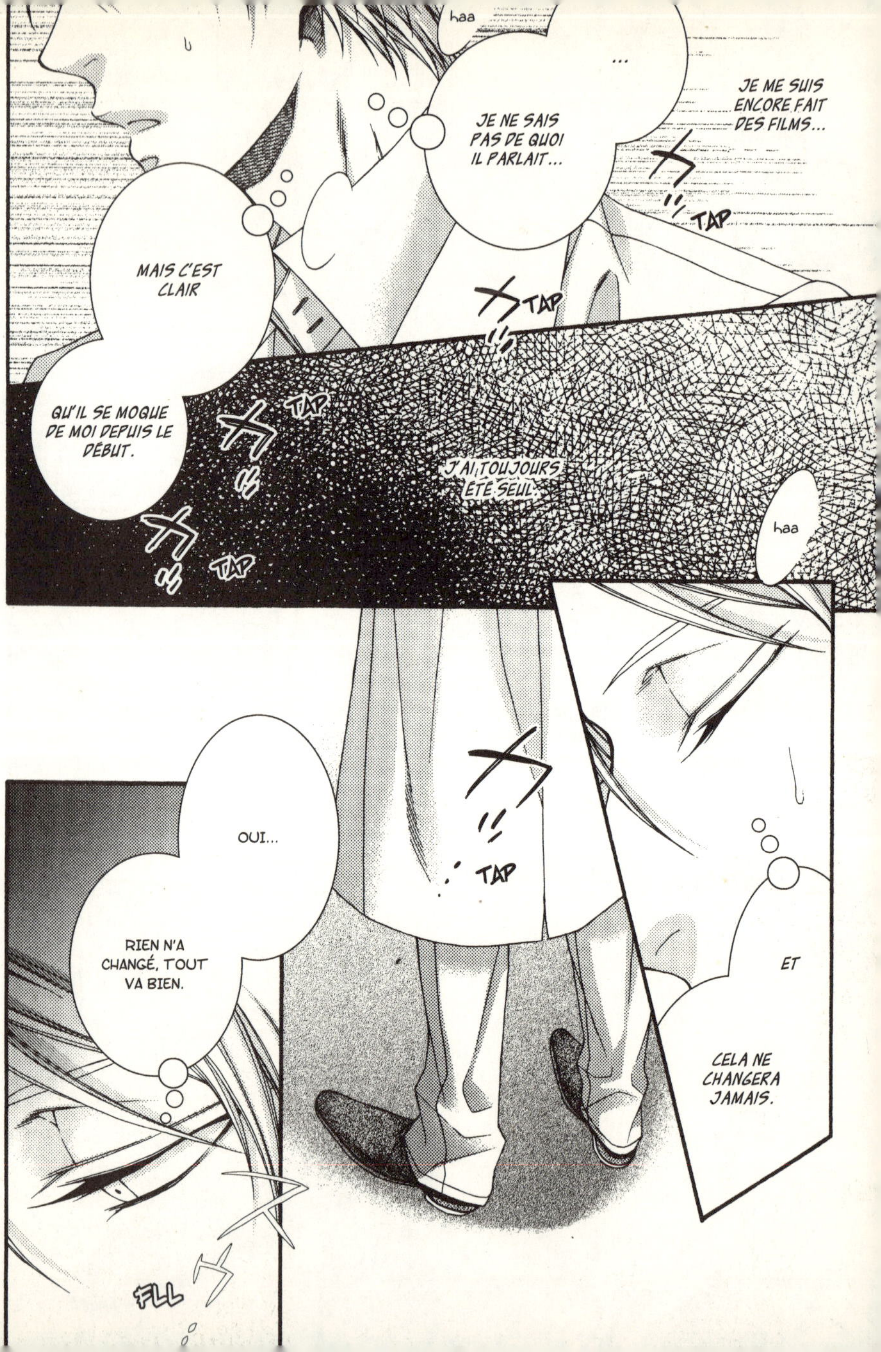
haa
...
JE ME SUIS ENCORE FAIT DES FILMS...
JE NE SAIS PAS DE QUOI IL PARLAIT...
TAP
TAP
MAIS C'EST CLAIR
QU'IL SE MOQUE DE MOI DEPUIS LE DÉBUT.
TAP
TAP
J'AI TOUJOURS ÉTÉ SEUL.
haa
TAP
ET
CELA NE CHANGERA JAMAIS.
OUI...
RIEN N'A CHANGÉ, TOUT VA BIEN.
FLL

J'AI JUSTE SUCCOMBÉ AU CHARME D'UNE ILLUSION, C'EST TOUT.
LE MONDE AUTOUR DE MOI N'A PAS CHANGÉ.
!
HA
TOKIWA !
BONJOUR ! ON MANGE ENSEMBLE ?
DÉSOLÉ.
PAS AUJOUR-D'HUI. J'AI UN TRAVAIL À RENDRE.
MINCE ALORS !
ON NE SE VOIT PLUS BEAUCOUP CES DERNIERS TEMPS.
OUI, JE SAIS.
À LA PRO-CHAI-NE.

...
JE ME DEMANDE
COMBIEN DE TEMPS JE POURRAI FUIR...
C'EST DIFFICILE DE MENTIR...
SURTOUT QUAND JE ME DIS QUE JE LE BLESSE PEUT-ÊTRE...
BRR
BRR
HARUKA... TU TE MOQUAIS DONC DE MOI...?
NON, IL NE M'A JAMAIS MENTI...
C'EST MOI QUI DOIS FAIRE ERREUR QUELQUE PART...
TOKIWA.
AH

CES FILLES,
ELLES DISCUTAIENT AVEC HARUKA TOUT À L'HEURE...
OUI ?
TOKIWA !
TU NE TROUVES PAS QUE TU MONOPOLISES UN PEU TROP HARUKA ?
COMMENT ?
HEIN ?
EN PLUS, TU FAIS EXPRÈS DE NE PAS MANGER AVEC LUI LE MIDI !
LE PAUVRE, TU VAS L'IGNORER ENCORE LONGTEMPS ?
EUH...
HEIN ?
ALORS QU'IL EST SYMPA AVEC TOI ?
HEIN ?
J'ABUSE DE SA GENTILLESSE ?
MINCE ALORS...
IL SE PLAIGNAIT MÊME DE TOI TOUT À L'HEURE...

Ah...
INUTILE DE ME REGARDER AUSSI MÉCHAMMENT...
HEIN ?
JE T'AI JUSTE DIT LA VÉRITÉ...
TU ME FAIS PEUR...
JE ME DOUTAIS QU'IL N'ÉPROUVAIT RIEN DE SPÉCIAL POUR MOI,
MAIS C'EST TOUJOURS UN CHOC DE SE L'ENTENDRE DIRE COMME ÇA...
À CE POINT...
CHUCHOTE
TU VOIS, JE LE SAVAIS ...
IL EST VRAIMENT FROID AVEC TOUT LE MONDE...
...
AH MINCE, C'EST LE TRAC QUI ME PARALYSE ENCORE LE VISAGE.
JE ME DEMANDE QUAND JE POURRAI PARLER NORMALEMENT AVEC QUELQU'UN...

OUI, JUSQU'À QUAND...
JE SUIS VRAIMENT...
SCHLANG
?
QUOI ?
?!
FERMEZ-LA, LES FILLES....
Haa...

C'EST BON, J'ARRÊTE TOUT !
MÊME EN ESSAYANT D'ÊTRE GENTIL,
ÇA NE MARCHE PAS ET JE ME RETROUVE COINCÉ AVEC VOUS.
HA... HARUKA ?
JE VIENS
DE TE DIRE DE LA FERMER !
QUOI ?
QUAND EST-CE QUE JE ME SUIS PLAINS DE TOKIWA, HEIN ?
NON SEULEMENT TU MENS, MAIS EN PLUS TU VEUX TE FAIRE PASSER POUR LA VICTIME ?
ARRÊTE, TU VAS ME FAIRE PLEURER.
SI T'ÉTAIS AUSSI MIGNONNE QUE MOI,
ÇA AURAIT PEUT-ÊTRE MARCHÉ, MAIS LÀ ÇA VA PAS ÊTRE POSSIBLE.

...
PRENDRAIT-IL MA DÉFENSE ?
QUOI ?
COMMENT PEUX-TU DIRE ÇA ?!
IL EST VENU JUSQU'ICI POUR TENIR TÊTE À CES FILLES...
HARUKA, JE NE SAVAIS PAS QUE TU ÉTAIS COMME ÇA !
HA HA !
QU'EST-CE QUE TU SAIS DE MOI D'ABORD ? TU...
NON, HARUKA...
TU N'AS PAS À TE FAIRE PASSER POUR CE QUE TU N'ES PAS...

Silence
...
TOI AUSSI, TU POURRAIS OUVRIR UN PEU LES YEUX !
GNAP
HEIN ?
QUOI ?
VIENS PAR ICI !
7405
ALLEZ, DÉPÊCHE-TOI !
POURQUOI TU N'AS RIEN RÉPONDU À CES PESTES ?!
7405

ET TOI, POURQUOI TU TE FÂCHES POUR SI PEU ?
GRRRRR
C'EST PARCE QUE TU TE LAISSAIS INSULTER PAR CES FILLES SANS RIEN DIRE !!
J'AI PAS PU ME RETENIR QUAND JE LES AI ENTENDUES !
...
CE N'EST PAS TRÈS GRAVE POURTANT.
DANS CE CAS,
TU PEUX ME DIRE POURQUOI TU TREMBLES AUTANT ?
GNIP
JE SAIS PARFAITEMENT QUE TU N'ES PAS QUELQU'UN DE FROID.
COMMENT ?
POUR MOI, QUELQU'UN QUI COURT APRÈS UN LYCÉEN POUR LUI RENDRE LES LENTILLES QU'IL A FAIT TOMBER,
AU RISQUE D'ARRIVER EN RETARD EN COURS, N'EST PAS UNE PERSONNE FROIDE ET INSENSIBLE.

L'AN DERNIER, JE SUIS VENU ICI POUR UNE CONFÉRENCE.
COMMENT ?
SES LENTILLES... ?
SI TU SAVAIS LE MAL QUE J'AI EU À TE RETROUVER...
SANS MES LENTILLES, IMPOSSIBLE DE SAVOIR À QUOI RESSEMBLAIT TON VISAGE.
MERCI DE M'AVOIR
RAPPORTÉ MES LENTILLES CE JOUR-LÀ.
J'AI FAIT TOMBER MES LENTILLES...
SNIF
PANIQUE EN SILENCE...
IL ÉTAIT AUSSI GRAND QUE ÇA ?
C'ÉTAIT... C'ÉTAIT LUI... ?
J'ÉTAIS PERSUADÉ QUE C'ÉTAIT UNE FILLE...
J'AI DÛ ME FIER
AUX SIMPLES SOUVENIRS DE TA MAIN ET DE TA VOIX...
MA MAIN ?
OUI... JE SAVAIS QU'ELLE TREMBLAIT ET QU'ELLE SE GLAÇAIT EN CAS DE STRESS.
TIP
TIP

TU NE TE SOUVIENS PAS COMMENT TU TREMBLAIS LORSQUE TU M'AS RENDU MES LENTILLES ?
IL...
IL S'EN ÉTAIT RENDU COMPTE...
JE SAIS CE QUE
TU RESSENS.
C'EST ÇA QUI T'EFFRAIE ?
...
TU TREMBLES ENCORE...
TU AS PEUR ?
GNIP
JE N'AI PAS LA MOINDRE INTENTION DE DEVENIR SON AMI.
...
TU N'ES PAS MON AMI DE TOUTE FAÇON, N'EST-CE PAS ?
HUM ?

JE NE SAIS PAS QUOI PENSER,
ET ÇA ME FAIT PEUR.
NOUS N'AVONS PAS LE MÊME ÂGE, NOUS N'AVONS PAS LES MÊMES COURS,
JE NE VOIS PAS POURQUOI TU VOUDRAIS RESTER AVEC MOI...
TU SAIS,
CE N'EST PAS TOUS LES JOURS QUE JE CRAQUE POUR QUELQU'UN COMME TOI...
ET C'EST TA FAUTE SI J'EN SUIS ARRIVÉ LÀ.
BLUSH

JE CROIS QUE JE SUIS FAN DE TOI.
J'EN AI MARRE D'ÊTRE SUBTIL...
J'AI ENVIE DE TOI, UN POINT C'EST TOUT.
SLURP
...
Haa...
ENLÈVE TA MAIN.
AH...
TU VEUX QUE JE T'ARRACHE TA CHEMISE, C'EST ÇA ?
Haa...
SMACK
SMACK
Haa...
Haa...
... HM
... HM.
SMACK

AH ...
Haa...
C'EST BON,
JE TE PROMETS DE ME RETENIR, ALORS TU PEUX BIEN ME LAISSER TE REGARDER, TE TOUCHER, TE CARESSER ET TE MORDRE UN PEU NON ?!
EUH, PAS ME MORDRE, MERCI...
SMACK
AH...
AH... HARUKA...
FROTTE
HIC
ARRÊTE...
NON.
JE VEUX QUE TU COMPRENNES QUE JE VOULAIS DEVENIR BIEN PLUS QU'UN SIMPLE AMI...

OUI...
J'AVAIS RAISON SUR LE FAIT QU'IL ME MANIPULAIT.
MAIS JE N'ARRIVE PAS À LUI EN VOULOIR...
EXCUSE-MOI DE NE PAS M'ÊTRE RENDU COMPTE DE TES SENTIMENTS À MON ÉGARD...
...
TU TE FICHES DE MOI, C'EST ÇA ?
BRR
BRR
QUOI ?
JE T'AI DIT QUE JE N'IRAIS PAS JUSQU'AU BOUT,
MAIS COMMENT TU VEUX QUE JE ME RETIENNE SI TU ME PARLES COMME ÇA !!
SCHPLAF
HEIN ?
AH,
Ah !
ATTENDS... !

DE JUSTESSE
POURQUOI TU N'AS PAS ÉTÉ SURPRIS LORSQUE
J'AI DÉVOILÉ MON VÉRITABLE CARACTÈRE DEVANT CES FILLES ?
Hum
Hum
TOURNE
TOURNE
TU AURAIS AU MOINS PU FAIRE SEMBLANT D'ÊTRE SOUS LE CHOC !
MÊME PAS DRÔLE.
TU N'AS PAS BRONCHÉ.
SANS DOUTE PARCE QUE JE SAIS QUE TU ES UN GARÇON DOUX ET GENTIL EN RÉALITÉ.
...
JE T'INTERDIS DE SOURIRE COMME ÇA À QUELQU'UN D'AUTRE QUE MOI, C'EST COMPRIS ?
Pas envie que tout le monde tombe amoureux de toi.
?
FIN

ENCORE UNE FOIS...
KA...
KAEDE...
TU VAS BIEN ?
HM,
C'EST PAS ENCORE ÇA, MAIS C'EST UN DÉBUT.
JE SUIS DÉSOLÉ, J'AI ENCORE DU MAL.
ON VIT ENSEMBLE DEPUIS PAS MAL DE TEMPS,
TU POURRAIS ARRÊTER DE ME VOUVOYER.
C'EST DEVENU UNE HABITUDE, JE N'ARRIVE PAS À M'EN DÉBARRASSER.
ET C'EST BIEN LE PROBLÈME.

ET SI JE T'APPELAIS RIN, C'EST PLUS AFFECTUEUX, NON ?
BLUSH
... !!
AAH,
JE CROIS QUE J'AI VU JUSTE !
GNIP
PSCHHH
RIN...

KA...
KA...
KAEDE, VOUS...
HM...
... HA HA !
JE CROIS QUE J'AI TROUVÉ LA SOLUTION.
À CHAQUE FOIS QUE TU ME VOUVOIES, JE ME JETTE SUR TOI ET JE T'EMBRASSE. ❤
QUOI ? VOUS N'ALLEZ TOUT DE MÊME PAS FAIRE ÇA À CHA...
HMM !!
ET CE N'ÉTAIT QUE LE DÉBUT.
FIN

CATÉGORIE
Category

Gizinka Navi!

OISEAU

PAON ROYAL / PETIT MOINEAU

PAON ROYAL !
PETIT MOINEAU, TU AIMES LE RIZ N'EST-CE PAS ?
PRÉTENTIEUX
PAON ROYAL
AH, C'EST TOI QUI M'AS APPORTÉ CE BARIL ?
C'EST JUSTE QUE TU ME FAIS PITIÉ AVEC TA PETITE TAILLE, JE VOULAIS CONTRIBUER UN PEU À TA CROISSANCE, C'EST TOUT !
ET NE VA PAS CROIRE QUE C'EST PARCE QUE J'AI ENVIE DE TE VOIR MANGER ÇA AVEC DES ÉTOILES DANS LES YEUX !!
MA TAILLE, C'EST DE FAMILLE ET JE SUIS MÊME PLUTÔT GRAND COMPARÉ À MES PARENTS...
IL VEUT DONC ME VOIR MANGER...
AH MAIS ATTENDS, ÇA VEUT DIRE QUE C'EST TOI QUI M'AS LAISSÉ CE SAC DE RIZ L'AUTRE JOUR ?
Je me demandais d'où il sortait !
QUI SAIT ?
IL ÉTAIT VRAIMENT EXCELLENT ! J'AI CRU QUE C'ÉTAIT QUELQU'UN QUI S'ÉTAIT TROMPÉ ET L'AVAIT OUBLIÉ PAR ERREUR !
JE SUIS RASSURÉ MAINTENANT, MERCI BEAUCOUP !
SOURIRE
SCHLARCK

JE... JE ME PROMENAIS JUSTE AVEC CE SAC SUR MOI, JE N'AI FAIT QUE M'EN DÉBARRASSER EN LE JETANT SUR TON BUREAU, QUE CE SOIT BIEN CLAIR !!
FLAP
OUPS ! POURQUOI MAINTE-NANT ?
わさ FLAP
BOBOM
ドキ
IL M'A FAIT PEUR...
ドキ BOBOM
わさ FLAP
OOOH !!
HA HA, QU'EST-CE QUE TU FICHES ICI TOI ?
PRÉDATEUR
GRAND FAUCON
GRAND FAUCON ?
PAS D'UNIFORME RÉGLEMENTAIRE DANS LES CLASSES DE RAPACES (TROP CARACTÉRIELS POUR ÇA)
ET TOI ALORS ?
LES RAPACES N'ONT PAS LE DROIT DE PÉNÉTRER DANS LES CLASSES DES PETITS OISEAUX, TU LE SAIS TRÈS BIEN !
NE VIENS PAS ME FAIRE LA MORALE, TU NE FAIS PAS PARTIE DE CETTE CLASSE TOI NON PLUS À CE QUE JE SACHE.
JE NE MANGE PAS D'OISILLON POUR MON QUATRE HEURES, MOI !
VA-T'EN...
GNIP

HAAA
GLOUPS
T'AS L'AIR D'EN AVOIR ENVIE POURTANT.
GOVIT
JE NE VAIS RIEN TE FAIRE !
AH, QU'EST-CE QUE TU FAIS ?!
VIENS PAR LÀ !
HOP
SCHPLAF
HA HA HA, COMME IL EST MIGNON,
JE POURRAIS L'AVALER D'UNE BOUCHÉE TELLEMENT IL EST PETIT !
C'EST DE FAMILLE, ET JE SUIS PLUS GRAND QUE MES PARENTS D'ABORD !
GNN
TE FÂCHE PAS COMME ÇA,
TU VEUX MONTER SUR MES ÉPAULES ? TU Y VERRAS MIEUX DE PLUS HAUT !
...
MOUIIIM
MOUIIIM
NON MERCI !

TSS
COMMENT OSE-T-IL LE TRIPOTER COMME ÇA,
ALORS QUE MOI JE N'AI JAMAIS EU LE COURAGE DE LUI TOUCHER LE VISAGE...
POURQUOI IL SE LAISSE FAIRE...?
CLANG
BONJOUR !
ÉTOURNEAU
ÉTOURNEAU
MARTINET
HM ?
AH, LES RAPACES SONT EN TRAIN D'EMBÊTER PETIT MOINEAU !! LAISSEZ-LE TRANQUILLE !
BOBOM
BOBOM
CUI
CUI
DES PETITS OISEAUX... PARTOUT...!
ILS SONT TEL-LEMENT
SEMBLABLES À PETIT MOINEAU...
C'EST QUOI CE BARIL ?
DU RIZ ?!
AI-JE VRAIMENT RAISON DE M'ACCROCHER À LUI ALORS QU'IL N'EN A VISIBLEMENT RIEN À FAIRE DE MOI...?
JE DEVRAIS PEUT-ÊTRE ESSAYER DE L'OUBLIER...

DIS DIS, PAON ROYAL.
Ah
ON MANGE ENSEMBLE LE RIZ QUE TU M'AS APPORTÉ ?
COM-MENT ?
IL Y EN A BEAUCOUP TROP POUR MOI TOUT SEUL,
ET JE SUIS SÛR QU'IL SERA MEILLEUR SI ON MANGE ENSEMBLE !
Je pourrai en donner un peu à mes amis aussi !?
SCHLARCK SCHTONG OUCH
J'ESPÈRE QUE TU AIMES LE RIZ AU MOINS... ?
É... ÉVIDEMMENT !
ET JE NE DIS PAS ÇA PARCE QUE J'AI ENVIE DE PASSER UN PEU DE TEMPS AVEC TOI !! COMPRIS ?!
FLAP
HM ?
QUOI ?
DIS, JE PEUX EN AVALER UN OU DEUX DE CETTE CLASSE AVANT DE REPARTIR ?
Ils ont l'air délicieux
UNE JOURNÉE ORDINAIRE (?) À L'ÉCOLE DES OISEAUX.
FIN

Bravo : vous avez réussi,
Vous voici sur la page « Atelier » !

Sur cette page vous trouverez en illustration le projet du jour, ainsi que la liste des projets.

Vous trouverez ici l'ensemble des projets.

manga-taifu.com

Super !
Vous voici sur la page « Univers» de votre choix ! (Les autres univers sont toujours accessibles ...)

Dans l'univers choisi vous trouverez toutes les infos sur vos séries préférées : actualités, nouveautés, dossiers et les futures sorties.

À droite de votre écran vous pouvez accéder à la totalité du catalogue (ici le catalogue Yaoi).

manga-taifu.com

Découvrir le nouveau site de Taïfu :

JEUX

Dans cette section, Taïfu organisera régulièrement des concours sur vos séries préférées

manga-taifu.com

Aller sur la page :
www.manga-taifu.com
^^

À droite de votre écran vous pouvez voir le jeux en cours : ici c'est un jeu sur Love Junkies.

Bravo : vous avez réussi,
Vous voici sur la page « Jeux » !

>>>

Sur cette page vous trouverez des exclusivités à gagner : artworks, dédicaces, et encore beaucoup d'autres cadeaux !

Indiquez vos coordonnées, et jouez !

manga-taifu.com

Découvrir le nouveau site de Taïfu :

DOSSIERS

Les dossiers sont des articles sur les séries s'adressant aussi bien aux lecteurs qu'aux professionnels. Retrouvez-y des infos sur vos héros.

manga-taifu.com

Aller sur la page :
www.manga-taifu.com
^^

Vous pouvez accéder à la page « Dossiers » via la barre des menus,

ou bien même par l'illustration « Dossier » (ici le dossier cobra).

Dans la page « Dossiers », vous pouvez choisir le votre !

Vous avez séléctionné votre dossier, vous y retrouvez des illustrations, un synopsis, des informations et une analyse de la série.

manga-taifu.com

ATTENTION !

Cette bande-dessinée est publiée
dans son sens de lecture original japonais,
les bulles se lisant de droite à gauche.
Vous êtes donc ici à la FIN !

KATEKYO! 3

Originally published in Japan in 2011 by CORE MAGAZINE CO., LTD.
French translation rights arranged through TOHAN CORPORATION, Tokyo.

Dépôt légal à parution
ISBN 978-2-35180-652-4

Directeur de collection : Yves Huchez

Traduction : Nicolas Pujol
Correction et adaptation : Marie Hervé

Conception graphique : Jef.Mod
Adaptation graphique et lettrage : Virginie Houdelet

Imprimé en France par Imprimerie Darantiere
N° d'impression : 12-0953